KB099114

사상의 꽃들 2

반경환 명시감상 6

국립중앙도서관 출판예정도서목록(CIP)

사상의 꽃들. 2, 반경환 명시감상 6 / 지은이: 반경환. ㅡ
대전 : 지혜, 2017
    p. ;   cm

ISBN 979-11-5728-223-4 04810 : ₩10000
ISBN 979-11-5728-220-3 (세트) 04810

시 평론[詩評論]
한국 현대 문학[韓國現代文學]

811.709-KDC6
895.715-DDC23   CIP2017006540

사상의 꽃들 2

반경환 명시감상 6

저자서문

시인은 꽃을 가져오는 사람이고, 철학자는 사상(정수精髓)을 가져오는 사람이다. 쇼펜하우어는 시와 철학의 상관관계를 매우 정확하게 알고 있었던 세계적인 사상가였다.

시인의 세계는 상상력의 세계이며, 그가 펼쳐 보이는 세계는 아름답고, 신비로우며, 환상적이다. 여기가 아닌 다른 곳, 그 다른 세계로 우리 인간들을 인도하며, 그의 시세계는 활짝 핀 꽃과도 같은 아름다움을 가져다가 준다.

어떤 시인은 살아 있어도 이미 죽은 것이지만, 어떤 시인은 이미 죽었어도 영원히 살아 있는 것이다.

사상은 시의 씨앗이고, 시는 사상의 꽃이다.

이 사상과 시가 있기 때문에 우리 인간들의 삶은 아름답고 행복한 것이다.

『반경환 명시감상』에 이어서, 이『사상의 꽃들』1, 2권을 탄생시켜준 나태주, 정호승, 문인수, 김혜순, 반칠환, 문태준, 손택수, 김사인, 송종규, 오현정, 복효근, 공광규, 길상호, 곽효환, 송수권, 송찬호, 이하석, 고영민, 김기택, 강기원, 이서빈, 김점용, 성미정, 문정희, 엄재국 등의 91명의 시인들과 그동안『반경환 명시감상』을 너무나도 뜨거운 마음으로 사랑해준 독자 여러분들에게 진심으로 감사를 드린다.

좀 더 정확하게 말한다면, 독자 여러분들은 이 책의 저자였고, 나는 독자 여러분들의 시심詩心을 받아 적은 필자에 불과했다.

나는 이『사상의 꽃들』1, 2권을 쓰면서, 너무나도 행복했고, 또, 행복했었다.

2017년 봄날,'애지愛知의 숲'을 거닐면서……

차례

4 __ 저자서문

1부

12 __ 오현정 • 몽상가의 턱
24 __ 손택수 • 리라
32 __ 박형권 • 얼룩감씨이를 그리워함
42 __ 김기택 • 스마트폰
48 __ 조옥엽 • 지하의 문사文士
54 __ 김순일 • 아주 가까이
60 __ 배정웅 • 내 이승의 숨 놓거든
66 __ 박방희 • 남은 날들은 아름다워야 한다
72 __ 강기원 • 문둥병자
82 __ 강영은 • 꽃산딸나무

2부

88 __ 이서빈 • 식탁에 둘러앉아

94 __ 이서빈 • 無

104 __ 송수권 • 순이삼촌

108 __ 송찬호 • 눈사람

116 __ 공광규 • 담장을 허물다

126 __ 문정희 • 거위

132 __ 박이화 • 한바탕 당신

138 __ 김성애 • 유리족의 하루

146 __ 김영수 • 우주여행

152 __ 상효종 • 단추구멍

7

3부

158 _ 김정원 • 마네킹

166 _ 나태주 • 기도

168 _ 이 명 • 벽암과 놀다

174 _ 엄재국 • 강

182 _ 김점용 • 자폐아 4

192 _ 정재규 • 비의 사랑법

200 _ 홍종빈 • 꿈의 비단길

208 _ 김지요 • 비행非行, 혹은 비행飛行

216 _ 문태준 • 지금 이곳에 있지 않았다면

222 _ 김대식 • 꽃편지

4부

228 __ 김인갑 • 바다로 가는 기사騎士들

234 __ 김은정 • 짐바브웨 코끼리의 아빠 찾기

244 __ 박동덕 • 겨울 우포늪을 읽다

250 __ 안명옥 • 기대다

258 __ 남길순 • 백야

266 __ 조 원 • 비밀의 방

276 __ 김명이 • 또 다른 三經

282 __ 황영숙 • 따뜻해졌다

288 __ 유혜영 • 시한폭탄

오현정 손택수

박형권 김기택

조옥엽 김순일

배정웅 박방희

강기원 강영은

오현정

몽상가의 턱

잠 없는 몽상가들은 얼굴 중앙에서 아래쪽까지
이어지는 부분에 손을 괴고
오늘밤도 그럴 턱이 있나
주억거리던 생각을 발음하다 턱이 빠질 때쯤
한 턱 낼 일, 터트리지

김수영의 거침없는 기개의 턱은 풀을 일으키고
아고리*의 섹시한 턱은 불멸의 그림을
머라이어 캐리**의 귀여운 턱은 오만 대신 사랑을
빨간 바지 복부인의 주걱턱은 파란 집으로 데려갔던 턱
한 턱 내도 아깝지 않은 턱이지

나의 아래 위 턱 긴 곡선을 도려내며
아들 취직했을 때 한 턱
딸 얻었을 때 두 턱, 붉은 포도주를 마시고

브이라인이 되는 동안 귀밑 사각턱부터 옆 턱까지
흘린 피는 가슴에 검은 주름을 만들었지

레드카펫의 문턱에는 몽상가의 삶이 턱을 괴고 사유
중이지
버릇과 인상을 턱이 빠져라 하초에 힘을 주고 씹을수
록 열리지 않는 궁
꿈꾸는 자의 턱살을 만지려 훗날의 맥을 짚었지
기둥을 세우려 동시교정에 들어간 문리의 턱뼈
턱tuck 잡힌 날렵한 턱시도 언제 입을지

— 『시와표현』, 2016년 12월호에서

* 이중섭의 발달된 긴 턱을 일본사람들이 붙여준 별명. 아고(턱)+리(李)
  의 뜻.
** 머라이어 캐리(Mariah Carey 1970~): Hero, Emotion 등 세계적으로
   사랑받는 히트곡을 부른 미국 팝계의 디바.

턱은 위 턱뼈와 아래 턱뼈로 이루어진 기관이며, 음식물의 섭취를 도와주고, 그 사람의 전체의 인상을 좌지우지할 수 있는 아주 민감한 부위라고 할 수가 있다. 그 사람의 얼굴의 하부구조, 즉, 턱에 따라서 그 사람이 선량한 사람으로 보일 수도 있고, 악한 사람으로 보일 수도 있다. 균형이 잘 잡힌 턱은 그 사람을 선량하고 아름다운 인간으로 돋보이게 하지만, 그렇지 못한 턱은 그 사람을 사악하고 추악한 인간으로 만들 수도 있다. 턱은 관상학에서 길흉화복의 운으로 나타나고, 그 유형으로는 주걱턱과 무턱, 그리고 비대칭적인 턱을 그 예로 들 수도 있을 것이다. 주걱턱이란 아래턱이 윗턱보다 긴 유형을 말하고, 그 주체자는 최고의 자부심과 함께 타인을 지배하게 된다고 한다. 어떤 일을 하든 그는 추진력이 강하고 진취적이기는 하지만, 그 반면에, 지나치게 자기중심적이며 호전적인 성격 때문에 크나큰 실패를 맛보게 된다고 한다. 턱끝이 충분히 나오지 않았거나 그 크기가 작은 사람을 무턱이라고 말하는데, 그는 무엇을 하든지 인내심이 부족하고 곧잘 싫증을 낸다고 한다. 그는 아랫 사람의 복이 없기 때문에 사업을 해서는 안 되고, 말년에는 운이 좋지 않다고 한다. 그는 감성적이며 감정의 기복이 심하고, 다른 한편, 예술적 감각이 뛰어날 수도 있다. 마지막으로 비대칭적인 턱, 즉, 매우 균형이 잡히지 않은 턱은 그 성격도 좋지 않고, 부모와의 인연도 없고, 지독하게 운이 좋지 않은 사람이라고 한다.

내가 사람의 턱에 대하여 잠시 생각해본 것은 오현정 시인의 「몽상가의 턱」을 읽고, 그 시를 분석해보고 싶었기 때문이다. 오현정 시인의 「몽상가의 턱」은 풍자와 야유를 통해서 인간의 야망과 그 허세를 폭로한 '턱의 현상학'이라고 할 수가 있다. 몽상이란 무엇인가? 몽상이란 실현가능성이 없는 헛된 생각이라고 하지만, 그러나 이 실현가능성이 없는 몽상이 모든 기적을 다 이루어 내게 된다. 천동설을 지동설로 바꾼 것도 몽상의 힘이고, 원자폭탄을 발명한 것도 몽상의 힘이다. 공산주의를 창출해낸 것도 몽상의 힘이고, 모든 신화와 종교를 창출해낸 것도 몽상의 힘이다. 몽상이란 사유의 힘이고, 이 '사

유의 힘'은 오귀스트 로댕의 「생각하는 사람」을 통해서
가장 잘 나타난 바가 있다. 오른쪽 팔을 턱에 괴고 있는
「생각하는 사람」은 그 사유의 힘(깊이) 때문에, 전신의
근육이 육체미 선수처럼 부풀어 오르고 있었는데, 왜냐
하면 그 사유(마음)의 움직임을 그가 가장 구체적으로 표
현하고자 했었기 때문이다. 몽상은 사유가 되고, 사유는
만물의 기원이 된다. 몽상가의 턱은 그 사유를 떠받치고
있는 대들보가 되며, 이 턱에 따라서 다양한 몽상과 그
몽상가의 운명이 결정되게 된다.

  "잠 없는 몽상가들"이란 늘, 항상, 깨어 있는 사람을
말하고, "얼굴 중앙에서 아래쪽까지/ 이어지는 부분에
손을 괴고/ 오늘밤도 그럴 턱이 있나/ 주억거리"는 사람
은 적어도 어떤 일이 그토록 나쁜 일로 번지지는 않을
것이라고 믿고 있는 사람을 말한다. "그럴 턱이 있나"는
'그럴 까닭'이나 '그럴 이유'가 없다는 것을 뜻하지만, 그
러나 그 어떤 일은 너무나도 뜻밖에, 그의 일생을 침몰시
키는 사건으로 비화되기도 한다. 완전범죄라고 믿고 있
었던 뇌물의 수수와 증여가 별건 수사 때문에 들통이 나
기도 하고, 술 기운에 따른 단순한 성희롱 사건이 다소
과대포장되어 소위 고위공직자로서의 그의 일생을 침몰

시키게도 만든다. "오늘밤도 그럴 턱이 있나/ 주억거리던 생각을 발음하다 턱이 빠질 때쯤/ 한 턱 낼 일, 터트리지"라는 시구는, '낮말은 새가 듣고 밤말은 쥐가 듣는다'는 속담처럼, 그가 연루된 어떤 사건이 전혀 뜻밖에도 들통이 나게 되었다는 것을 뜻한다. '그럴 턱이 있나'의 '턱'은 '까닭'이나 '이유'를 뜻하고, '턱이 빠질 때쯤'의 '턱'은 얼굴의 하부구조로서의 턱을 뜻하고, '한 턱 낼 일, 터트리지'의 '턱'은 크나큰 불운이나 재앙에 따른 경제적, 또는 육체적 손실을 뜻한다. '한 턱 내다'는 좋은 결과를 얻었을 때, 즉, 장원급제를 하거나 노벨상, 또는 주식대박을 터뜨렸을 때와도 같이 그 기분에 따라서 아주 성대하게 대접하는 것을 말하지만, 이 시구의 문맥에서는 그럴 리가 없었던 일이 터지고, 그 결과, 턱뼈가 빠지듯이, 크나큰 경제적, 또는 육체적 손실을 입게 되었다는 것을 뜻하게 된다.

　제1연에서의 '몽상가의 턱'은 '그럴 턱'과 '턱 빠질 때쯤의 턱', 그리고 '한 턱 낼 일의 턱'으로 이어지지만, 제2연에서의 '몽상가의 턱'은 김수영의 '기개의 턱'과 이중섭(아고리)의 '섹시한 턱'과 머라이어 캐리의 '귀여운 턱'과 그리고 빨간 바지 복부인의 '주걱턱'으로 이어진다. 몽상은 자유롭고, 자유로운 몽상은 마치, 벌과 나비처럼 그 사유의 날개를 펼쳐나간다. 김수영의 거침없는 기개의 턱은 풀뿌리 민주주의 상징인 민중(풀)들을 일으켜 세우고, 이중섭의 섹시한 턱은 천진난만한 동심의 세계를 영원불멸의 세계로 창출해낸다. 머라이어 캐리의 귀여운 턱은 오만 대신 사랑을 노래하고, 빨간 바지 복부인의 주걱턱은 그 오만방자함 때문에, 그의 부군을 파란 수의를 입혀 보낸 적이 있었다. 김수영, 이중섭, 머라이어 캐리, 빨간 바지 복부인 등, 모두들 그 사건이 좋은 것이거나 나쁜 것이거나 간에, 한 턱을 크게 내도 아깝지 않은 턱들이고, 그 결과, 우리 인간들의 운명은 턱의 관상학에 달려 있다고 해도 과언이 아니다.

오현정 시인은 몽상가이자 관상학자이다. 아니, 그는 시인이자, 풍자와 야유를 즐기는 독설가이기도 하다. 이제 몽상가로서의 오현정 시인의 사유는 김수영도, 이중섭도, 머라이어 캐리도, 빨간 바지 복부인도 아닌, 자기 자신에게로 향한다. 풍자와 야유가 다른 사람들에게 향할 때보다는 자기 자신에게로 향할 때 더욱더 감동적인 것처럼, 그의 "아래 위 턱 긴 곡선"은 행운의 여신인 티케보다는 불화의 여신인 에리스가 선호하는 곡선(턱선)

이었는지도 모른다. 아들이 그토록 어렵고 힘든 취직을 했다는 것도 행운이지 불행이 아니다. 효녀 심청이와도 같은 딸을 얻었다는 것도 행운이지 불행이 아니다. 하지만, 그러나 그 행운으로 불행의 쳇바퀴를 돌리게 되고, "아들이 취직했을 때의 한 턱"과 "딸을 얻었을 때의 두 턱"이 "붉은 포도주를 마시고/ 브이라인이 되는 동안 귀밑 사각턱부터 옆 턱까지/ 흘린 피는 가슴에 검은 주름을 만들었지"라는 시구에서처럼, 그 불행은 더 이상 감당하기 힘든 재앙이 되고 말았던 것인지도 모른다. 아들이 취직을 하고 딸을 얻었을 때의 한 턱, 두 턱에 의한 경제적 손실이 아니라, 그 이후의 사건들이 그 한 턱과 두 턱의 기대와는 전혀 다르게 흘러갔던 것인지도 모른다. 아들의 인생은 아들의 인생이고, 딸의 인생은 딸의 인생이다. 하지만, 그러나 그 아들과 딸의 턱에 연루된 나의 인생은 더욱더 붉은 피를 흘리고, 내 가슴에 그토록 검은 주름을 만들었던 것이다.

이제 몽상가의 사유는 레드카펫으로 향하고, 몽상가는 레드카펫의 문턱에서 그 사유를 펼쳐나간다. 레드카펫은 출세의 상징이고 권력의 상징이다. 돈을 버는 것도 권력이고, 이름을 얻는 것도 권력이다. 회전의자에 앉는 것도 권력이고, 수많은 여인들을 거느리는 것도 권력이다. 권력은 욕망 중의 욕망이며, 그 욕망의 정점에서 피어오른 꽃이다. 모든 싸움은 권력투쟁이며, 모든 역사는 권력투쟁의 역사이다. 권력은 삶의 본능의 옹호이며, 권력이 있는 한 이 세상의 삶은 향유되지 않으면 안 된다. 누구나 최고의 권력자가 될 수는 있지만, 그러나 그 최고의 권력자는 누구나 될 수 있는 것이 아니다. "버릇과 인상을 턱이 빠져라 하초에 힘을 주고 씹을수록 열리지 않는 궁"이라는 시구는, 제 아무리 하초에 힘을 주어도 절세의 미인을 얻을 수가 없듯이, 최고의 궁전은 열리지 않는다는 것을 뜻한다. 이때의 궁전은 자궁의 그것도 되고, 전제군주의 그것도 된다. "꿈꾸는 자의 턱살을 만지려 훗날의 맥을" 짚어도 소용이 없고, 사물의 이치를 아는 힘, 즉, "문리의 턱뼈"를 교정해 보아도 아무런 소용이 없다. "턱tuck 잡힌 날렵한 턱시도 언제 입을지"라는 시구는 그 '몽상가의 턱'으로는 영원히 불가능한 황금옥좌라는 것을 뜻한다.

오현정 시인의 「몽상가의 턱」은 '턱의 현상학'이며, 그 '턱'에 의한 말놀이의 향연장이라고 할 수가 있다. 얼굴의 하부구조로서의 턱과 관상학으로서의 턱, 위 턱과 아

래 턱, 옆 턱과 사각턱, 주걱턱과 그럴 턱, 무턱과 비대
칭적인 턱, 한 턱과 두 턱, 문리의 턱과 의상용어인 턱
tuck, 기개의 턱과 섹시한 턱, 귀여운 턱과 턱시도의 턱,
레드카펫의 문턱과 절대권력의 턱 등이 바로 그것이며,
동음이의어로서의 턱이 얼마나 다양하고 아름답게 변주
될 수 있는가를 몸소 보여주고 있는 것이다. 몽상의 나
래가 날실이 되고, 턱의 나래가 씨실이 된다. 그의 시는
총천연색의 몽상의 드라마이자 턱의 드라마라고 할 수
가 있다. 극본 오현정, 기획 오현정, 연출 오현정, 감독
오현정, 주연 오현정의 모노드라마가 한국시문학의 무
대를 전면적으로 장악하게 된 것이다. 말들이 아름답고
풍요로우면 그 주체자의 삶이 아름답고 풍요롭게 되고,
말들이 더럽고 추하면 그 주체자의 삶이 더럽고 추하게
된다. 턱은 관상학적으로 인간의 야망과 그 허세를 드러
내게 되고, 그리고 그 인간의 사유와 그 실천들을 떠받
쳐주는 대들보가 된다.

　오현정 시인의 「몽상가의 턱」은 대단히 지적이며 철학
적인데, 왜냐하면 「몽상가의 턱」은 그의 오랜 탐구와 성
찰의 결과이기 때문이다. 몽상–탐구는 턱의 유형과 턱의
의미에 대한 집중의 힘이 되고, 탐구–성찰은 그 몽상을

'턱의 현상학', 즉, 「몽상가의 턱」이라는 기적―기념비적인 업적―을 창출해내게 된다.

몽상은 시가 되고, 시는 아름다움, 그 자체가 된다.

오오, 「몽상가의 턱」이라는 이처럼 아름답고 뛰어난 시를 쓰다니―, 나는 이처럼 아름다운 가을날 대전국립현충원을 거닐면서, 수많은 젊은 용사들과 애국지사들의 영혼에게 경의를 표한다. 대전국립현충원의 수많은 젊은 용사들과 애국지사들의 영혼은 아름다운 우리말이되고, 이 모국어의 든든한 '문리의 턱뼈'를 세워준 오현정 시인에게도 경의를 표한다.

시는 말들의 향연장이며, 모든 찬탄과 감동은 그 말들의 단풍놀이와도 같다.

몽상은 사유하고 턱은 그 사유의 대들보가 된다.

손택수
리라

리라 있지? 고대엔 리라 현을 양의 내장으로 만들었 대 내장을 재로 씻어서는 갈기갈기 찢었지 하필 재였을 까 잿더미였을까

멀리 독일까지 가서 고고학 공부를 하는 허수경 시인 에게 들었다 왜 고국을 떠났느냐는 질문에 그녀는 담담 하게 시 때문이라고 했다 독하구나, 모국어를 위해 모국 을 떠나다니

시인의 말을 받아적은 종이도 독을 삼킨 것이다 종이 라면 제지공이었던 유홍준 시인이 생각난다 산판에서 벌목공 일을 할 때 양잿물 마시고 죽으려 길 몇 번, 양 잿물 팔자가 어디 가겠노 살다보니 펄프에 양잿물을 타 고 있더라 양잿물 마신 종이에 시를 쓸지 누가 알았겠노

말년엔 시 한 편이면 천하 원수도 다 용서가 될 것 같다고 안주도 없이 소주를 마시던 박영근 시인도 생각난다 수전증에 걸린 손으로 술잔을 건네던 그가 나는 꺼림칙했다 손의 발작이 옮겨오면 어쩌나 멀찌감치 떨어져 지냈다

겨울밤 덜덜덜 발작이라도 하듯 모포를 덮고 떠는 창문 옆에서 모니터를 면경처럼 들여다보고 있다 야근을 자주 하면 암에 걸릴 확률이 높아진다는데, 위장병과 소화장애 환자가 되기 십상이라는데

무슨 독한 사연도 없이 쓰린 속을 움켜쥐고 누가 시키지도 않는 야근을 하고 있는 시, 몇 십년 째 밤마다 재가 되어 사라지는 말들을 품고 긇는 내장의 경련을 탄주라도 하듯

　　―『애지』, 2016년 봄호에서

독毒이란 무엇이며, 독하다는 것은 무엇을 뜻하고 있는 것일까? 독이란 건강을 해치고 사물을 위태롭게 하는 것을 말하고, '독하다'는 것은

1, 어떤 냄새가 지나치게 자극적이고 심하다; 2, 사람의 마음이나 그 성질이 매우 모질고 사납다; 3, 사람의 마음과 그 의지가 매우 굳세고 강하다;

는 것을 말한다. 모든 고급문화는 잔인성이 정화되고 승화된 것을 말한다. 요컨대 이웃민족국가를 정복하고 무자비하게 학살을 감행하지 않은 고급문화는 없었던 것이며, 나폴레옹이나 알렉산더 대왕은 두 눈 하나 깜박하지 않고 수백만 명씩 학살을 자행했던 살인마들에 지나지 않았던 것이다.

전쟁은 모든 창조의 아버지이며, 이 전쟁에 의하여 수

많은 문화적 영웅들이 탄생을 하게 된다. 모든 문화적 영웅들은 잔인한 야수이며, 이 잔인함을 고급문화로 꽃 피워냈던 인물들이라고 하지 않을 수가 없다. 잔인성의 기원은 독이며, 이 독에서 피어난 버섯이 고급문화이다. 독은 가장 아름답고 찬란할 때도 있고, 독은 가장 더럽고 추할 때도 있다. 독이란 살기이며, 독하다는 것은 자기 자신의 모든 것을 다 걸고 그 어떠한 사건과 일들을 연출해냈다는 것을 뜻한다.

손택수 시인의 「리라」는 시의 기원이 독이며, 언어예술이라는 독버섯을 가장 아름답고 찬란하게 꽃 피워낸 시라고 하지 않을 수가 없다. 양의 내장을 재로 씻고 갈기갈기 찢어서 만든 '리라의 현', 시를 위해서 모국을 떠나 독일에서 모국어로 시를 쓰는 허수경, 벌목공에서 제지공으로 '양잿물 팔자'를 탓하며 양잿물을 타서 만든 종이 위에 시를 쓰는 유홍준, "시 한 편이면 천하의 원수도 다 용서가 될 것 같다고 안주도 없이 소주를 마시던" 박영근, "겨울밤 덜덜덜 발작이라도 하듯 모포를 덮고" 떨면서 시를 쓰는 손택수ㅡ.

독은 살기이며, 공격과 방어의 수단이 된다. 생명이 생명을 먹는 공격수단으로서의 독과 이웃 동족과 다른 동물들에게 먹히지 않으려는 방어수단으로서의 독과 수많은 경쟁자들을 물리치고 최고의 월계관을 쓰고 싶다는 시인들의 독이 바로 그것을 말해준다. 산다는 것은 독하다는 것이고, 독하다는 것은 문화적 영웅이 될 수가 있다는 것이다. 동양문화, 서양문화, 기독교문화, 힌두교문화, 불교문화, 이슬람문화 등, 모든 문화는 수많은 전쟁과 계급투쟁과 생존경쟁과 그 피 비린내 위에서 꽃 피어난 것이지, 자연 그대로 꽃 피어난 것이 아니다.

독의 예술, 독의 음악, 독의 시—. 손택수 시인의 「리라」가 바로 이 독의 아름다움을 일깨워주고 있는 것이다.

노예국가의 지도자들의 특징은 침략자의 종교와 가치관에 철두철미하게 복종을 하며, 자기 자신들의 민족종교와 조상들의 목을 가장 처절하고 잔인하게 비틀고 있다는 점일 것이다. 대학총장 90%, 국회의원 80%, 고위관료 70%가 기독교도인 대한민국의 건국시조는 오천년 역사의 단군이 아니라, 이스라엘의 왕인 예수라는 사실이 바로 그것을 증명해준다. 유목민의 신화가 농경민의 신화를 짓밟고, 우리 한국인들이 유태민족의 종교와 그 가치관에 복종을 하게 만들고 있는 것이다. 예수를 위해서 살고 예수를 위해서 죽는다. 모든 도시는 교회의 십자가로 뒤덮혀 있으며, 이 십자가는 부정부패의 상징이 된다. 첫 번째는 언어의 타락이며, 아브라함, 이삭, 야곱, 예수, 마리아, 바울, 베드로 등은 최고급의 인사가 되는 것이고, 두 번째는 사악한 것이 선량한 것을 몰아내며 그 어떠한 도덕질서도 자리를 잡지 못하게 하는 것이고, 마지막으로 세 번째는 이민족, 즉 미국—미국을 지배하고 있는 유태인들—에게 모든 전권을 다 가져다가 바치고 그 어떠한 자율성과 독립성도 찾아볼 수가 없게 되어있다는 점일 것이다. 이명박, 김영삼, 김대중의 이름은 천민의 이름이 되고, 그들의 세례명인 베드로, 야곱, 유다의 이름은 귀족의 이름이 된다. 간호, 치유, 스승, 고전, 자동차, 전화기 등은 천민의 언어가 되고, 케어, 힐링, 롤모델, 클래식, 카, 폰 등은 귀족의 언어가 된다. 언어영역의 확대는 세계영역의 확대이며, 어떤 언어가 위축되거나 그 힘을 잃게 되면 그 민족은 생존의 위기를 겪고 있다는 것을 뜻하게 된다. 요컨대 우리 한국인들은 영어와 기독교문화의 홍수 속에서 너무나도 감격스럽고 너무나도 황홀하게 수장水葬이 되어가고 있는 것이다. 도덕과 법과 질서는 매우 엄격해야 하며, 이 준법정신이 그 민족의 고귀함과 위대함으로 나타나게 된다. 하지만, 그러나 대한민국은 기초생활질서를 확립하고 삼천리 금수강산을 쓰레기가 하나도 없게 만들겠다는 사람, 독서중심의 글쓰기 교육을 통하여 우리 한국인들의 백만 두뇌를 양성하겠다는 사람, 부의 대물림을 가장 확실하게 뿌리를 뽑고 사회적 신분의 이동을 자유롭게 하겠다는 사람, 이민족의 군대인 미군을 철수시키고 남북통일을 이룩하겠다는 사람은 그 존재의 근거마저도 뿌리째 뽑아버리는 만행을 되풀이 자행하고 있는 것이다. 사악한 것이 선이 되고, 검은 것이 흰 것이 된다. 국민의 혈세는 고위 공직자들의 쌈짓돈이 되고, 사면복권을 통하여 법치질서를 유린하는 민족의 반역자가 최고의 대통령이 된다.

우리 땅 우리가 안 지켜도 되는 기쁨, 무조건 미국의 무기만을 사고 구매자로서의 선택권마저도 미국에게 양도를 해야만 하는 기쁨, 끊임없이 한반도의 긴장을 강화시키고 남북통일을 방해하는 미국이 중국과 북한을 다 때려잡아 줄 것 같은 기쁨, 군사주권, 원자력주권, 통일주권, 외교주권, 통화주권, 식량주권 등, 그 모든 주권들을 다 가져다가 바치고 미군의 범죄는 다 무죄로 판결해주는 기쁨, 미국의 말 한 마디에 일본의 평화헌법개정을 용인해주고 10억 엔을 받고 위안부 문제를 타결해주는 기쁨, 대통령의 취임식이 끝나자마자 미국 대통령을 알현하고 호된 신고식을 치러야 하는 기쁨, 주한 미군이 주한 일본군으로 바뀐다고 해도 전지전능한 하나님의 아들인 예수가 구원해줄 것이라는 기쁨이 우리 대한민국 상류 사회의 기쁨이기도 한 것이다.

대한민국의 지도자들은 참으로 독하고, 이 독함으로 야만의 문화를 꽃 피운다. 이스라엘 왕인 예수를 믿으며 단군의 목을 비틀고, 그 예수의 은총과 축복 속에서 국가의 재정을 파탄내는 독버섯을 피워내게 된다.

법은 있어야 한다. 법을 지키지 않는 놈들을 혼내 주기 위해서. 하지만, 그러나 모든 것을 법대로 처리해서는 안 된다. 왜냐하면 모든 것을 법대로 처리하면 사법질서가 확립되고 뇌물이 들어오지 않기 때문이다. 법은 지배계급의 이익을 지켜주는 양날의 칼이 된다. 대한민국의 역사상 가장 고귀하고 위대한 인물은 유병언과 조희팔이라는 대사기꾼이라고 해도 틀린 말이 아니다.

국가보다는 개인이 먼저이다.

아리스토텔레스의 말은 틀렸다.

박형권
얼룩감씨이*를 그리워함

큰아버지는 논에서 고개를 숙이는 나락을 보며

성북리 연못에 가서 민물 새우를 잡아

손수 만든 미끼 통에 담고 집에 와서는 우물을 퍼 손

발을 씻고

저녁 드셨다 새우가

미끼 통에서 튀는지

밥 드시는 내내 톡톡 소리가 났다

달과 별들은 그때쯤 나와 부스스 기지개를 켜고

대통에 구운 콩을 담는 걸 구경하였다

늘 닦고 매만지는 장대를 메고 사립문을 나가면

달과 별이 따라 나갔다

왜 나는 안 데리고 가느냐고 일곱 살 나는 고래고래

울고

그날은 누룽영 포인트로 길을 잡으셨다

그때는 여전히 돌아서는 모퉁이마다 전설이 있고

달로 묏등을 지나면 해치이불*이 등잔덩이만 했다

새바지를 지나면 파도가 들치고

누룽영에 닿으면 마파람이 불어

바다는 그때부터 팔뚝만한 감씨이가 덥썩 물고 늘어지는

예감으로 빛났다

감씨이가 안 오는 날에는 도깨비가 찾아와

구운 콩 갈라먹자고 보채고

한줌 쥐어주면 오도독 오도독 맛있게 먹었다

먹은 값하는 것인지 곧 초릿대가 바다로 빨려들고

은비늘 찬란한 밤은 그때부터 시작이다

그 즈음 나는 큰아버지 기다리며 마루 끝에 앉아

오도독 오도독 구운 콩을 먹는다 콩 다 먹고 꾸벅꾸벅 졸면

어흠,

대문으로 들어서는 얼룩감씨이!

모를 거야 당신은, 못 봤을 거야 당신은

남극 크릴새우를 밑밥으로 쓰는 당신은 들은 적 없을 거야

등짝에 얼룩무늬가 그려진 붙박이 감씨이를

가야겠네 바람 부는 밤에

떠나버린 내 유년을 그리워하러

— 『애지』, 2016년 봄호에서

* 감씨이=감성돔: 감성돔은 회유성 어종이다. 그런 이유로 붙박이 감성
  돔은 있을 수 없다. 그런데 내가 일곱 살 때 본, 등짝에 얼룩무늬가 있
  는 그 감성돔은 무엇인가? 사랑하는 사람들은 결국 떠나버리는 슬픔을
  위하여 바다가 마련해둔 은유였을까?
* 해치이불=도깨비불

남편 A와 아내인 B는 언제, 어느 때나 젊은 청춘이었
고, 이제는 영원한 행복을 향유할 수가 있게 되었다. 하
지만, 그러나 이들 부부가 오늘날의 행복을 얻기까지
는 수많은 사건과 불행의 연속이었는데, 왜냐하면 상당
한 유산의 상속자로서 원수집안의 선남선녀들이었기 때
문이다. 양가 부모님들의 반대를 무릅쓰고 20대 초반에
결혼을 하고 1남 1녀를 둔 20대 후반에 이혼을 했었지
만, 그러나 그들은 삼십대 초반에 다시 재결합을 하고
야 말았다. 성숙한 남녀가 서로가 서로를 사랑하고 있
었고, 더군다나 1남 1녀의 아이들까지 둔 마당에 더 이
상의 양갓집의 반대는 그 어떠한 장애물도 될 수가 없
었다. 자유와 사랑과 행복은 주체성의 산물이며, 그 어
느 누구에게도 양도할 수 없는 자연법의 산물이라고 하
지 않을 수가 없다.

　　철학자는 강한 인간이며, 자유와 사랑과 행복의 화신

이다. 그는 분명한 목표를 갖고 있고, 그 목표를 실현할 수 있는 수단도 갖고 있다. 그는 미국과 일본과 중국과 러시아를 설득시키고, 남한에서 미군을 즉시 철수시킬 비책묘계도 갖고 있다. 하루바삐 한반도에서의 핵무기를 비롯한 대량살상무기를 폐기하지 않으면 안 되고, 미국산 전투기와 대량살상무기를 구입하는 대신에 해마다 UN이라는 국제기구에 세계평화를 위하여 10억 달러를 분담하는 것이 더 나을 것이다. 외세란 무엇인가? 외세란 이 선량한 부부의 재산을 노리는 강도집단에 지나지 않으며, 그들의 세 치 혀 속에는 언제, 어느 때나 마약과도 같은 감언이설이 들어 있다. 그들의 말과 그들의 내정간섭에 따르면 가장 확실하게 망하고, 우리 한국인들의 숙원사업인 남북통일은 영원히 할 수가 없게 된다. 지피지기知彼知己이면 백전백승百戰百勝이라는 말이 있듯이, 하루바삐 이 외세들, 즉 미국과 중국과 일본과 러시아를 개 패듯이 한반도에서 몰아내지 않으면 안 된다. 만약, 그 철학자가 그의 구상대로 남북통일을 이룩해내게 된다면 삼천리 금수강산은 쓰레기가 하나도 없고, 그가 연출해낸 독서중심의 글쓰기 교육을 통하여 해마다 노벨상을 수상하는 것을 물론, 마르크스, 프로이트, 니체, 호머, 셰익스피어, 괴테, 뉴턴, 아인시타인 등과도 같은 세계적인 대사상가들을 배출해낼 수도 있을 것이다. 철학자는 모든 인류의 스승이며, 자유와 사랑과 행복은 그의 사상을 통해서만이 가능해진다.

낚시는 물고기를 잡는 방법을 말하여, 가장 원시적인 어로행위라고 한다. 낚시를 생계수단으로 삼는 사람도 있고, 낚시를 취미생활로 하는 사람도 있다. 민물낚시도 있고, 바다낚시도 있다. 민물낚시에는 강낚시, 계곡낚시, 일반저수지낚시, 댐낚시 등이 있고, 바다낚시에는 방파제낚시, 백사장낚시, 갯바위낚시, 배낚시 등이 있다. 초가을에 성북리 연못에 가서 민물새우를 미끼통에 잡아오는 큰아버지, 저녁을 드시고 달과 별들이 부스스 기지개를 켜면 대통에 구운 콩을 담아 사립문을 나서는 큰아버지, 달과 별들을 데리고 해치이불(도깨비불)로 누룽영 포인트로 가시는 큰 아버지, 누룽영 포인트에 닿아 마파람이 불면 그때부터 팔뚝만한 감씨이를 낚는 꿈에 부풀었던 큰아버지, 감씨이가 안 오는 날에는 도깨비와 구운 콩을 갈라먹고 그 댓가로 은비늘 찬란한 얼룩감씨이를 낚는 큰아버지, 일곱 살 어린 나이로 얼룩감씨이낚시에 따라가겠다고 고래고래 울던 시인, 큰아버지가 누룽영 포인트로 혼자 떠나면 그때부터 오도독 오도독 구운콩을 먹거나 꾸벅꾸벅 졸면서 큰아버지를 기다렸던 시인, 이윽고 '어흠'하고 들어서는 큰아버지와 얼룩감씨 이에 환성을 질러댔던 시인—. 요컨대 큰아버지와 어린 시인에게 있어서의 감성돔이란 삶의 기쁨이자 행복 그 자체였던 것이다.

서정시의 주조는 그리움이며, 그리움이란 사랑하는 사람을 만나고자 하는 감정을 말한다. 그리움이 사랑을 찾아내, 사랑을 붙잡고, 그 사랑과 함께 살고 싶은 지상 낙원을 건설하게 된다. 토마스만의 「토니오와 크뢰거」, 브레히트의 「살아남은 자의 슬픔」, 셰익스피어의 「로미오와 줄리에트」, 이청준의 「선학동 나그네」, 밀란 쿤데라의 「참을 수 없는 존재의 가벼움」 등이 바로 그것이며, 그 글들은 이 세상에서 건설할 수 없었던 지상낙원에 대한 비가悲歌라고 해도 틀린 말이 아니다. 박형권 시인의 「얼룩감씨이를 그리워함」은 큰아버지와 내가 함께 향유할 수 있었던 지난 날에 대한 회상이자 그 그리움이라고 할 수가 있는 것이다. 시인이 일곱 살 때 본, 등짝에 얼룩무늬가 있는 감성돔이 그토록 사랑했던 큰아버지의 은유라는 것, 이 큰아버지에 대한 사랑이 「얼룩감씨이를 그리워함」이라는 서정시로 나타난 것이다.

　얼룩감씨이는 통일과 행복―자유와 사랑과 행복―의 상징이다. 파도와 바람은 소위 4대강국의 외세가 되고, 우리는 이 외세의 장애물을 제거하고 통일대박을 터뜨리지 않으면 안 된다. 얼룩감씨이, 즉, 남북통일을 이룩해내기 위해서는 미국을 잡아야 하고 일본을 잡아야 한다. 또한 중국을 잡아야 하고, 러시아를 잡아야 하고, 마지막으로 국제사회라는 여론을 잡아야 한다.

　아는 것은 힘이다. 힘 있는 자가 고급문화인이 되고, 만인의 심금을 사로잡을 수가 있다. 불가능은 없다.

　통일대박이 쪽박깡통으로 변한 것은 우리 정치지도자들의 얼치기 앎 때문이고, 이 얼치기 앎 때문에 사랑하는 북한동포들만을 때려잡는 만행을 되풀이 저지르게 된 것이다.

　무식한 자, 즉, 철학을 공부하지 않은 자는 이민족의 노예가 되고, 그 이민족의 명령대로 제 동족을 때려잡는 인간백정이 될 수밖에 없다. 요컨대 이 인간백정을 식민주구植民走狗라고 부르는 것이다.

만델라와 이광요 같았으면 3~40년이면 해냈을 남북통일을 적어도 1,000년 이후에도 해낼 수가 없게 되었다. 좀 더 심하게 말한다면, 미군을 철수시키는 데 3,000년, 남북통일하는 데 5,000년은 걸리게 될 것이다.

우리 정치지도자들, 너희들이 과연 인간이냐?

대한민국, 과연 네가 국가이냐?

김기택
스마트폰

눈알이 스마트폰에 달라붙어 있다.
떨어지지 않는다.
얼굴을 옆으로 돌릴 수가 없다.
스마트폰에 붙들려 모두 고개를 푹 숙이고 있다.

머리를 억지로 잡아당겨 화면에서 떼어내고 싶지만
두 눈알은 스마트폰에 남고
눈구덩이가 뻥 뚫린 머리통만 떨어져 나올 것 같아
엄두가 나지 않는다.
커터칼은 눈알을 떼어내고 싶어 근질근질하지만
눈알을 잘못 떼어 눈동자는 화면에 붙고
흰자위만 떨어져 나올까봐
칼날을 지퍼 필통에 꽉 가둬놓기로 한다.

스마트폰 화면을 콘텍트렌즈처럼 낀 눈알을

몸통과 함께 조심조심 들어서
안과 수술실로 실어갔으면.
하지만 전동차 가득
스마트폰마다 붙어 있는 저 많은 눈알들을
어떻게 다 옮긴단 말인가.
전동차 10량이 한꺼번에 들어갈 안과도 없을 텐데
추락하는 여객기를 받다 말고
어떻게 슈퍼맨더러 영화 밖으로 나와 달라 하겠는가.

눈알이 스마트폰에 달라붙지 않는 신상품은
대체 언제 출시된단 말인가.
— 『애지』, 2015년 겨울호에서

대한민국 사회에서는 스마트폰이라는 괴질이 만발하고 있고, 어느 누구도 이 괴질에서 자유로울 수가 없다. 그도 기형이고, 그녀도 기형이다. 아버지도 기형이고, 어머니도 기형이다. 유치원생도, 초등학생도 기형이고, 국회의원도, 장관도 기형이다. 그들의 눈알은 "스마트폰에 달라붙어" 있고, 좀처럼 "떨어지지도 않는다." 옆으로 옆으로 얼굴을 돌릴 수도 없고, 모두들 "스마트폰에 붙들려 고개를 푹 숙이고 있다." 친구와 애인 사이에도 말이 없고, 부모와 형제 사이에도 말이 없다. 밥을 먹을 때에도, 지하철을 탔을 때에도, 카페에서 차를 마실 때에도 무거운 침묵으로 입을 닫고 있다.

만일, 그렇다면, 스마트폰이라는 괴질은 도대체 무엇이란 말인가? 스마트폰이란 총천연색의 광기의 세계이며, 모든 사건과 사고들이 실시간대로 떠오르는 창과도 같다. 이 스마트폰으로는 연애편지를 쓸 수도 있고, 영화도 볼 수가 있고, 음악을 들을 수도 있다. 흥미진진한 스포츠를 실시간대로 관람할 수도 있고, 금발의 미녀와 가상의 섹스를 할 수도 있고, 그 모든 것을 사고 팔 수도 있다. 인간은 거짓말을 하지만, 스마트폰은 거짓말을 하지 않는다. 생각하고 배우는 것은 골치가 아프지만, 스마트폰만 있으면 적어도 생각할 필요가 없다. 스마트폰은 가까이 있고, 인간은 너무나도 멀리 있다.

우리는 스마트폰 세대, 스마트폰으로 만나 스마트폰으로 사랑을 나눈다. 우리는 스마트폰세대, 스마트폰으로 사업을 하고 스마트폰의 수명과 함께 이 세상을 떠나가지 않으면 안 된다. 우리는 마치 예수쟁이가 십일조 헌금을 하듯이, 스마트폰 창시자에게 전재산을 다 가져다가 바치지 않으면 안 된다. 스마트폰이 있고 인간이 있는 것이지, 인간이 있고 스마트폰이 있는 것이 아니다. 그 결과, 눈알이 스마트폰에 달라붙는 괴질을 앓게 되고, 시인은 마침내 슈퍼맨이 되어, "스마트폰 화면을 콘텍트 렌즈처럼 낀 눈알을/ 몸통과 함께 조심조심 들어서/ 안과 수술실로 실어"가고 싶다는 소망을 갖게 된다. "눈알이 스마트폰에 달라붙지 않는 신상품"을 기대하면서ㅡ.

스마트폰이라는 괴질은 첫 번째로 인간을 멀리하는

것이고, 두 번째로 생각하지 않는 것이며, 마지막 세 번째로는 스마트폰의 세계만을 진실이라고 믿으며, 스마트폰이 없으면 잠시도 안정을 취할 수가 없는 것이다. 사랑, 우정, 화목은 낡디 낡은 지난 시대의 유물에 지나지 않으며, '사유하는 인간'이란 이 속도와의 전쟁에서 영원히 패배를 할 수밖에 없는 얼치기에 지나지 않는다. 스마트폰은 술보다도 더 달콤하고, 어떤 마약보다도 더 황홀하다. 스마트폰은 중독성의 세계이며, 그 황홀함이 활화산처럼 이글이글 타오르게 된다. 개새끼와 씹새끼들이라는 욕설들이 타오르고, 종북이니 수구꼴통이니 하는 거친 말들이 타오르고, 그리고 예수 그리스도를 찾는 인간말종들의 발악이 마치 최후의 심판처럼 타오른다.

스마트폰이라는 괴질은 눈알이 스마트폰에 달라붙어 떨어지지 않는 무서운 질병이며, 그 어떠한 설명도 필요가 없는 저승사자의 걸작품이라고 하지 않을 수가 없다. 우리 시대의 진정한 시인이자 인문학적 의사인 김기택 시인이 "머리를 억지로 잡아당겨 화면에서 떼어내고 싶지만/ 두 눈알은 스마트폰에 남고/ 눈구덩이가 뻥 뚫린 머리통만 떨어져 나올 것 같아/ 엄두가 나지 않는다"고 한다. 또한, "커터칼은 눈알을 떼어내고 싶어 근질근질하지만/ 눈알을 잘못 떼어 눈동자는 화면에 붙고/ 흰자 위만 떨어져 나올까봐/ 칼날을 지퍼 필통에 꽉 가둬놓기로 한다"고 말한다.

김기택 시인은 그 어느 누구보다도 아주 날카롭고 예리한 칼을 갖고 있다. 그 칼은 생명의 칼이면서도 죽임의 칼이기도 한 것이다.

스마트폰이라는 괴질은 하루바삐 소멸되어야 하며, 그 소멸에는 시인의 칼이 필요한 것이다.

조옥엽
지하의 문사文士

두 눈 감는 그 순간까지 캄캄한 땅 속, 제가 만든 감옥에서 퇴고에 퇴고를 거듭하다 끝내 거꾸러지고 마는

천형이라 하기엔 너무도 가혹한 형벌

그러나 잠시도 굴하지 않고 약진에 약진을 거듭해야 직성 풀리는 끈질긴 성미는 대대손손 이어온 가문의 오랜 전통이려니

허나 삭은 고무줄처럼 흐물거리는 삭신 남세스러워, 오늘도 바닥에 코 박은 채 오체투지

뱃가죽은 벗겨져 쓰리고 아리고 이마엔 피딱지 떨어질 날 없어

고요만이 숨 쉬는 밤, 슬그머니 창 내고 바깥세상 훔쳐보면 바람은 야릇야릇한 혀 내밀며 러브콜 날리고 달빛 타고 흐르는 벌레들의 소프라노 대꼬챙이로 가슴 뚫을 듯 파고들어

  저도 모르게 그 음에 업혀 가다 뒤돌아보면 구불구불 길을 내고 따라오는 족적, 그 갈피갈피엔 불살라버리고 싶은 순간 너무 많아

  들숨 날숨은 곳곳에 지울 수 없는 상처 남기는 질풍노도의 사나운 짐승인가

  휴일도 반납한 채 **뼈품** 팔아 개발새발 검은 원고 칸칸을 채워가는 어둠 속 지렁이
  ― 조옥엽 시집, 『지하의 문사文士』에서

지렁이는 습기와 유기물이 충분한 토양에서 서식하고 오스트레일리아의 어떤 종은 3.3m까지 자라난다고 한다. 지렁이는 암수 한몸인 자웅동체이며, 부패한 생물을 먹고 살기 때문에 오염된 토양을 정화시켜준다고 한다. 지렁이는 공기를 유통시키며 배수를 촉진하고, 유기물질을 보다 빠르게 분해하여 영양이 풍부한 물질을 식물들에게 제공해준다. 지렁이는 많은 새와 동물들의 먹이원이며, 낚시꾼들의 미끼로도 사용된다. 지렁이는 보거나 들을 수는 없지만, 빛과 진동에 민감하고, 지렁이의 꿈을 꾸면 재물이 일어나거나 명예를 얻게 된다. 보통 토양의 표면에 살지만 건조한 시기나 겨울에는 2m 정도의 굴을 파고 들어가기도 한다.

　눈 뜬 봉사에다가 귀머거리인 지렁이, "캄캄한 땅 속, 제가 만든 감옥"에 살며, "천형이라 하기엔 너무나도 가혹한 형별"을 살고 있는 지렁이, "삭은 고무줄처럼 흐물거리는 삭신 남세스러워, 오늘도 바닥에 코 박은 채 오체투지"를 하는 지렁이, "고요만이 숨 쉬는 밤, 슬그머니 창 내고 바깥세상 훔쳐보면 바람은 야릿야릿한 혀 내밀며 러브콜 날리고 달빛 타고 흐르는 벌레들의 소프라노 대꼬챙이로 가슴 뚫을 듯 파고들어// 저도 모르게 그음에 업혀 가다 뒤돌아보면 구불구불 길을 내고 따라오는 족적, 그 갈피갈피엔 불살라버리고 싶은 순간 너무 많아" "뱃가죽은 벗겨져 쓰리고 아리고 이마엔 피딱지 떨어질 날" 없는 지렁이, "휴일도 반납한 채 뼈품 팔아 개발새발 검은 원고 칸칸을 채워가는 어둠 속 지렁이—." 돈과 명예는 동일한 무대에 함께 설 수 없다는 말이 있다. 돈이 있으면 명예를 포기해야 하고, 명예를 얻으면 돈을 포기해야 한다. 하지만, 그러나 조옥엽 시인의 '지렁이의 꿈'은 입신출세의 대박의 꿈으로 이어지고, 그 징그럽고 하찮은 미물에 불과한 지렁이는 '지하의 문사'가 된 것이다.

시는 온몸으로, 온몸으로 쓰는 것이다. 온몸으로, 온몸으로 쓴다는 것은 붉디 붉은 피로 쓴다는 것이며, 붉디 붉은 피로 쓴다는 것은 생활 자체가 성실함으로 꽉 찬 오체투지와도 같다는 것이다. 천국과 지옥이 다 우리 안에 있고, 궁전과 감옥도 다 우리 안에 있다. 천국(궁전)도 지옥(감옥)으로 생각하면 지옥이 되는 것이고, 지옥도 천국으로 생각하면 천국이 되는 것이다. 지렁이는 그의 감옥을 궁전으로, 그의 지옥을 천국으로 연출해낸 창조주이며, 하나님과 예수를 에덴동산에서 추방해버린 최초의 재판관이다. '오체투지의 미학'의 토대는 감옥이고, 그 기법은 붉디 붉은 혈서이며, 그 효과는 모든 생명들을 되살려내는 낙천주의 사상의 궁전이다. 이 세상의 삶은 모든 염세주의와 회의주의를 떠나서 곧바로 향유되지 않으면 안 된다.

시인의 길은 천형의 길이고, 이 천형의 고통은 산모의 진통과도 같다. 높이 나는 것, 멀리 가는 것, 모든 암흑과 고통을 다 긍정하는 것은 자기 자신의 목숨을 걸고 천길의 벼랑에서 뛰어내리는 것과도 같다.

다른 곳, 다른 세상으로의 출구는 없다. 오직 자기 스스로 감옥(지옥)을 만들고, 그 감옥을 궁전(천국)으로 만드는 '오체투지의 미학'이 있을 뿐이다.

「지하의 문사文土」는 도를 깨우친 도인이며, 우리 인간들의 행복을 연출해낸 구세주이다.

김순일
아주 가까이

　　— 부처를 만나다

높고 높은 산 고찰로 찾아다녔다
깊고 깊은 산 토굴로 찾아다녔다

부처는 없었다

멀고 먼 인도까지 찾아다녔다

부처는 없었다

다 버리고 돌아왔다
나의 집 마당가 풀잎 위에서
바람과 함께 살랑살랑 노닐고 있었다

하늘에도 땅에도 물에도
새 벌레 짐승 나무 잡초⋯⋯그 눈빛 속에

그동안 찾아 헤매던
부처가 살고 있었다

아주 가까이 살고 있었다

— 김순일 시집, 『부처한테 속아 인도에 가다』에서

그 옛날 시애틀 추장은 그들의 땅을 사려고 하는 사람들과 맞서 싸우면서, 미국의 대통령에게 다음과 같은 명문의 편지를 보냈다고 한다.

> 하늘을 어떻게 사고 땅을 어떻게 사고 팝니까? 우리에게 땅을 사겠다는 생각은 이상하기 짝이 없습니다. 맑은 대기와 찬란한 물빛이 우리의 것이 아닌 터에 그것을 어떻게 사겠다는 것인지요? (……) 우리가 이 땅의 일부이듯이 그대들도 이 땅의 일부입니다. 이 지구는 우리에게 소중합니다. 이것은 그대들에게도 소중합니다. 우리는 하나님이 한 분 뿐이라는 것도 압니다. 우리는 결국 형제인 것입니다.
> — 조셉 캠벨, 『신화의 힘』에서

미국인들이 사적인 개인들이라면 시애틀 추장으로 대변되는 인디언들은 신화적인 인물들이라고 할 수가 있다. 사적인 개인들은 그 모든 것을 경제적 가치로 환산하고 그것을 소유하는 것을 최고의 목적으로 삼게 된다. 신화적 인물들은 그 모든 것을 자연에다가 맡기고 경제적 가치는 따져보지도 않는다. 이 싸움이 소유와 무소유, 개인주의와 사회주의, 일원론과 이원론, 또는 선과 악의 싸움이 되고 있는 것이지만, 그러나 이 세상의 모든 싸움은 이 개인주의에서 비롯되었다고 하지 않을 수가 없다. 개인주의는 이분법적인 사고방식의 극치이며, 모든 것이 적 아니면 동지라는 흑백논리 위에 기초해 있다고 해도 틀림이 없다.

눈앞의 이익을 보면 현자는 의를 생각하고, 소인배는 사적인 축재를 생각한다. 현자는 만인의 행복을 생각하고, 소인배는 개인의 행복을 생각한다. 현자는 자기 자신이 부처가 되지만, 소인배는 이 세상이 아닌 곳, 머나먼 저곳의 부처를 찾아 회개를 하고 눈물을 흘린다. 현자는 천하를 소유하고 천하의 삶을 즐기지만, 소인배는 손바닥만한 재산을 숨기려고 온갖 천하를 다 찾아다닌다.

크게 버려라, 그러면 천하가 다 네 것이 될 것이다.

크게 축적하라, 그러면 그것을 그 어디에다가 숨겨둘지 몰라 지랄발광을 하게 될 것이다.

나무에게도 불성佛性이 있고, 돌에게도 불성이 있다. 새에게도 불성이 있고, 모든 미물들에게도 불성이 있다라는 부처의 가르침은 이 세상에서 가장 뛰어나고 아름다운 명언이라고 하지 않을 수가 없다. 기독교를 비롯한 대부분의 종교가 전지전능한 신을 상정하고 그 신에게 노예적인 복종태도를 요구하고 있는 것이라면 그러나 불교는 그 신성을 부정하고 '인간해방'을 선언한 최초의 종교라고 하지 않을 수가 없다. 부처는 다만 선각자이고 자기 자신의 제자들을 신적인 존재로 끌어올려주는 대스승일 뿐이었던 것이다. 부처를 만나면 부처를 죽이고, 스승을 만나면 스승을 죽이라는 참된 가르침이 여기에 있는 것이다.

부처는 아주 가까이에 있다. 우리 집 마당가에도 있고, 풀잎 위에도 있다. 하늘에도 있고, 땅에도 있다. 짐승의 눈동자 속에도 있고, 온갖 미물들의 마음 속에도 있다. 네가 부처가 되어서 너의 삶을 사는 것이 지상 최대의 행복이라고 김순일 시인은 역설하고 있는 것이다. 부처는 자기 자신의 신성을 부정하고, 모든 제자들을 자기 자신보다도 더 나은 신적인 존재로 끌어올림으로서, 그 위대성이 있었던 것이고, 바로 이것이 부처를 가장 고귀하고 훌륭한—예수보다도, 마호메트보다도 더 고귀하고 훌륭한—신으로서 존재하게 하고 있었던 것이다.

　우리 한국사회는 자기 스스로 부처가 되지 못한 자들이 살고 있는 나라이며, 이 불량배들이 온갖 부정부패를 다 연출해내고 있다고 할 수가 있다. 살인, 강도, 절도, 배임, 탈세, 횡령, 강탈, 뇌물증여와 뇌물수수, 기초생활질서의 파괴와 사면복권남발, 선거법과 정치자금법 위반 등이 바로 그것이며, 이 부정적인 입문의례들이 우리 대한민국 사회를 영원한 노예국가로 만들고 있는 것이다.

배정웅

내 이승의 숨 놓거든

서장에서는 죽은 사람의 뼈로

피리를 만들어 분다고

남미의 히바로 인디언은

죽은 사람의 두개골로 술잔을 만들어 즐긴다고

오랫동안 침향목처럼 여울에 담그고

햇빛과 바람과 새소리에 건조시킨 사람의 한 생애

영혼이 빠져 나가지 않도록 그 입을 꿰매어

상품으로 내다 팔기도 한다고

사람이 죽어서도 때로는 그 육신이

슬프게 쓸모가 있을 줄이야

내 이승의 숨 놓거든 내 뼈에다가는

구멍 몇 개 되는 대로 뚫어

온전한 소리꾼이 되지 못한 내 허허한 노래를

그대여 한두 소절만 읊조려 주었으면

— 배정웅 시집, 『국경 간이역에서』에서

📖

혼자 밥 먹고 혼자 놀고 혼자 잠잔다. 혼자 산책하고 혼자 TV를 보고 혼자 외롭다. 혼자 책을 읽고 혼자 인터넷을 하고 혼자 영화관을 간다. 혼자 세수를 하고 혼자 음악을 듣고 혼자 아프다. 이 '혼자라는 질병'은 풍요 속의 암적인 종양이며, 모든 학문의 성과가 도로아미타불에 그치는 구체적인 증거가 될 수밖에 없다. 자연과학이 모든 믿음을 대청소해버렸고, 우리 인간들의 에덴동산마저도 파괴해버렸다. 너와 나는 우리가 아니라 영원한 타인이며, 그 어떠한 의사소통의 출구도 갖고 있지 못하다. 아버지도 어머니도 죽었고, 할아버지와 할머니도 죽었다. 형님도 누나도 죽었고, 친구도 애인도 죽었다. 비행기가 있어도 갈 곳이 없고, 자동차가 있어도 갈 곳이 없다. 스마트폰이 있어도 대화할 친구도 없고, 인터넷이 있어도 접속할 사람이 없다. 사회주의가 쇠퇴를 하고 개인주의가 득세를 했지만, 이 개인주의의 최종적인 승리는 인간의 죽음으로 나타났던 것이다. '혼자'라는 나무가 우뚝서서 '혼자라는 질병'을 수소폭탄처럼 주렁주렁 달고 있는 것이다. 이 '혼자병'이 수소폭탄처럼 터지면 '고령화'라는 재앙이 나타나서, 산송장이 모든 신생아와 모든 젊은이들과 모든 산천초목들을 다 잡아먹게 될 것이다.

죽은 사람은 죽은 사람이고 산 사람은 산 사람이다. 산 사람은 살아 있다는 것 자체가 크나큰 기쁨이며, 행복일 수도 있다. 우리 인간들의 삶의 목표가 이러한 삶의 기쁨과 삶의 행복이라면, 그러나 그 기쁨과 행복은 아주 작고 사소한 일상생활의 그것일 수도 있다. 왜냐하면 탐욕은 만악의 근원이며, 이 탐욕을 제거하는 일로부터 모든 종교들이 출발을 하고 있기 때문이다. 낡디 낡은 옷을 입었을지라도 먹고 살 걱정이 없으면 되는 것이고, 한 사람의 동지나 수많은 아랫 사람들이 없어도 언제, 어느 때나 천하의 대로를 걸어가면 되는 것이다. 죽은 사람의 탈을 만들고, "오랫동안 침향목처럼 여울에 담그고/ 햇빛과 바람과 새소리에 건조시킨" 미이라는, 따지고 보면 이 세상의 모든 탐욕을 다 버리라는 경고의 성격을 띠고 있다고 해도 과언이 아니다. 죽은 자의 해골이나 그 뼈대들처럼 음산하고 기이하고 끔찍한 것도 없고, 나는 그것을 볼 때마다 '인생의 무상함'을 떠올려 보지 않을 수가 없었던 것이다. 하늘 아래 두 명의 왕이 존재할 수는 없었고, 따라서 이 왕위쟁탈전만큼 무자비하고 온갖 끔찍했던 피비린내를 연출해냈던 사건들은 없었던 것이다. 피리는 배정웅 시인의 「내 이승의 숨 놓거든」이라는 시에서처럼 인골人骨로 만든 피리이어야 하며, 이 피리 소리를 통해서 현대 자본주의 사회의 죄악과 그 탐욕을 씻어주지 않으면 안 된다. 배정웅 시인은 1960년대 '베트남전 참전' 이후 곧바로 남미로 이민을 갔고, 현재는 LA에 정착하여 '미주시단'을 이끌고 있는 원로 시인이다.

내 이승의 숨 놓거든 내 뼈에다가는

구멍 몇 개 되는 대로 뚫어

온전한 소리꾼이 되지 못한 내 허허한 노래를

그대여 한두 소절만 읊조려 주었으면

모든 악기 중에서 그는 인골人骨로 만든 피리를 제일 좋아한다. 그 피리 소리는 돈과 권력과 명예를 무화시키고, 언제, 어느 때나 악의악식과 최악의 조건마저도 쾌적하게 만들어 준다. 하루살이의 독방도 우주처럼 넓어지고, 산다는 것이 피리 소리처럼 절창을 이루게 된다. 탐욕을 버리니까 '네 것'과 '내 것'이 없어지고, 인종과 종교에 대한 편견도 없어진다. 인골人骨로 만든 피리 소리는 그를 높이 높이 끌어올려주고, 그의 죽음을 해골처럼, 또는 갈비뼈나 무릎뼈처럼 풍화시키고, 그의 영원한 행복을 향유하게 한다. 인골人骨로 만든 피리를 부는 자에게는 모든 것이 즐겁고, 모든 것이 행복하지 않을 리가 없다.

'혼자병'은 인골人骨로 피리를 불어야 하는 병이며, 무사무욕이 특효약이 되는 그런 질병이라고 하지 않을 수가 없다.

박방희

남은 날들은 아름다워야 한다

아내가 들고 온 이혼장에
내 막도장을 찍어주며
지난 20년은 아름다웠다고 말한다
그 고마운 20년 세월이 있어
살아갈 남은 날들 무겁지 않다고 말한다
좋은 날일수록 빨리 저물 듯
우리의 연도 끝낼 때라고 주억거리며
이번엔 진짜 행복하게 살라고 말한다
긴 겨울 지나면 꽃 피는 봄날이듯
일생 중 한 번은 행복해야 하고
무엇보다 남은 날들은 아름다워야 한다고 말한다
내가 아니라 슬프지만 사람은 누구나
사랑하는 사람과 살아야 한다고도 말한다
진실한 사랑은 영원하다지만
함께 한 20년은 영원과 진배없다며

이제 내 생각은 말고 부디 행복하라고 말한다
붉게 지는 저녁놀 바라보며
다시 한 번 지난 세월 고맙다 하며
마지막 핏빛 인사를 붉게 찍는다

— 박방희 시집, 『복사꽃과 잠자다』에서

세계가 있고 내가 있다라는 말도 맞는 말이지만, 내가 있고 세계가 있다라는 말도 맞는 말이다. 왜냐하면 세계가 있으니까 내가 살아갈 수 있기 때문이고, 내가 있으니까 세계가 존재할 수 있기 때문이다. 좀 더 분명하게 말한다면, 내가 있기 때문에 세계가 존재하고, 세계가 있기 때문에 내가 존재하는 것이다. 세계와 나는 둘이 아닌 하나인 것이고, 우리 인간들의 만남도 이와 마찬가지라고 할 수가 있다. 결혼은 둘이서 하나가 되는 것이고, 부부는 이 세계의 창조주가 되는 것이다. 이들 부부의 사랑에 의해서 아들 딸들이 탄생하게 되고, 이 아들 딸들에 의해서 이 세계는 더욱더 젊고 푸르러지게 되는 것이다.

결혼은 더없이 거룩하고 성스러운 일이며, 아버지가 되고 어머니가 되려는 입문의례라고 할 수가 있다. 이 세상에 결혼처럼 중대한 인륜대사도 없고, 이 인륜대사가 있기 때문에, 그 모든 어렵고 힘든 일들마저도 극복하고 행복한 보금자리를 마련할 수가 있었던 것이다. 예전에는 은혼식銀婚式도 있었고, 금혼식金婚式도 있었다. 은혼식이란 결혼 25주년의 행사를 말하고, 금혼식이란 결혼 50주년의 행사를 말한다. 그 옛날에는 전쟁이 일상사였고, 온갖 사나운 사건과 질병과 자연의 재앙들이 사전예고 없이 닥쳐왔기 때문에, 우리 인간들의 평균 수명이 매우 짧을 수밖에 없었던 것이다. 결혼 25주년도 매우 기쁜 일이며, 더, 더군다나 결혼 50주년은 나무아미타불의 기적과도 같은 일이 될 수밖에 없었던 것이다.

하지만, 그러나 은혼식과 금혼식에 대한 찬양과 찬송의 말도 옛말이 되어버렸고, 이제는 어느 한 사람과 6~70년, 또는 7~80년을 함께 살아야 한다는 것이 너무나도 지겹고 짜증나는 일이 될 수밖에 없었다. 60대 이후의 '황혼이혼'이 무슨 돌림병처럼 일어나고 있는 사실들이 바로 그것을 말해준다. 황혼이혼의 당사자의 말이 아니더라도, 요즈음 4~50대의 젊은 여인들조차도 결혼 15년에서 20년 사이에는 자유롭게 남편을 바꾸는 제도가 만들졌으면 좋겠다는 말을 하고 다닌다.

백년해로도 욕이 되고, 영원한 인생의 동반자도 욕이 되고, 무병장수도 욕이 된다.

우리는 좆끝에서 나와 혼자 밥 먹고 혼자 산다. 우리는 혼자 외로우면 요양원을 거쳐 화장터로 간다.

자, 혼자 사는 모든 이들이여, 고령화라는 축배를 들자꾸나!!

이 글은 박방희 시인의 「남은 날들은 아름다워야 한다」라는 시를 읽으면서 쓰게 된 것이지만, 그러나 왠지 이 시에 대한 그 어떠한 말도 하고 싶지가 않다.

> 진실한 사랑은 영원하다지만
>
> 함께 한 20년은 영원과 진배없다며
>
> 이제 내 생각은 말고 부디 행복하라고 말한다
>
> 붉게 지는 저녁놀 바라보며
>
> 다시 한 번 지난 세월 고맙다 하며
>
> 마지막 핏빛 인사를 붉게 찍는다

남은 날들은 아름다워야 한다. 최고급의 이혼찬가이다.

하지만, 그러나 우리 늙은이들의 인생이 과연 아름답고 행복할 수가 있는 것일까?

고령화는 재앙 중의 재앙이며, 지구 대폭발을 불러 일으키게 될 것이다.

　전세계의 모든 지식인들이여, 너무나도 분명하게 선언하라!

　하루바삐 인생 70, 즉, 인간수명제를 채택하여 실시하라!

　젊음은 아름답지만, 늙음은 추한 것이다.

강기원

문둥병자

이곳에 나를 부려 놓았다
오래전 문둥이들의 집성촌
세상이 문둥이에게서 물러서듯
세상으로부터 물러서기 위해

이목구비 뭉개진, 환하디환한 태양 아래서
중개인은 말했지
'명당이에요. 슬픔은 그들이 다 가져갔거든요.'

그래?
툭툭 떨어진 발가락 같은 돌멩이들
진물처럼 조용히 흘러내리는 실개천
나균인 듯 들러붙는 납거미 거미줄
돌마다 물마다 스민 얼
나는 손목 없는 그들에게 악수를 청한다

병이 깊어질수록 본능은 더 승해졌다지

그래선가?
이곳의 바람은 쓸개를 훑으며 분다
의뭉스런 새벽안개
화농의 상처 덧나는 석양의 때
발정난 들고양이 집요한 울음소리

이곳에 와 나는 살아간다
죽어간다
영혼의 문둥병자가 되어
잊고, 잊혀진 채
뭉텅뭉텅 문드러지는 살점
내 몸 냄새를 맡는다
먼 훗날, 누군가 이곳에 들러 같은 말을 들으리라
'명당이에요. 슬픔은 그들이 다 가져갔거든요.'
— 강기원 시집,『지중해의 피』에서

문둥병이란 무엇인가? 문둥병이란 노르웨이 의사 한센이 발견했던 '제3군 법정 전염병'이다. 이제는 문둥병이 아닌 한센병이 공식명칭이며, '문둥병'과 '천형병'은 그 치료가 불가능했던 시대에 불리워졌던 병명들이다. 한센병은 치료받지 않는 환자와 오랫동안 접촉하면 감염될 수도 있지만, 전 세계 인구의 95%는 한센병에 자연저항을 갖고 있기 때문에, 그 감염확률은 240만명 중의 1명이라고 한다. 이제는 한센병에 걸려도 제대로 통원치료를 받으면 일상생활이나 직장생활에도 전혀 지장이 없다(채규태, 한센병연구소 소장)고는 하지만, 그 옛날의 한센병은 문둥병이며, 무조건적으로 격리수용의 대상이었던 것이다. 왜냐하면 그 증상이 눈과 손과 발에 나타나고 손가락과 발가락이 썩어 문드러지는 것은 물론, 그 이웃 사람들에게 전염된다고 알려졌기 때문이다. 문둥병은 성경에 기록되어 있듯이 천형병(하늘이 내린 병)

이며, 그 이름만 들어도 공포와 불안이 저절로 찾아오는 그런 법정 전염병이다.

강기원 시인의 「문둥병자」의 이곳은 '문둥이들의 집성촌'을 말하고, "이곳에 나를 부려 놓았다"는 것은 자기 스스로 "문둥이들의 집성촌"으로 이주해 왔다는 것을 뜻한다. 왜냐하면 "세상이 문둥이에게서 물러서듯" 내가 "세상으로부터 물러서기"를 원했기 때문이다. "이목구비 뭉개진, 환하디환한 태양 아래서/ 중개인은 말했지/ '명당이에요. 슬픔은 그들이 다 가져갔거든요"라는 말은 너무나도 엄청난 반어일 수밖에 없는데, 왜냐하면 사지가 멀쩡하고 제 정신을 가진 인간이 문둥이들의 집성촌으로 찾아가 정착할 리가 없었기 때문이다. 문둥병은 하늘이 내린 천형병이자 그 이름만 들어도 공포와 불안이 찾아오는 제3군의 법정 전염병이다. "명당이에요. 슬픔은 그들이 다 가져갔거든요"라는 시구는 그러나 이제는 문둥병자들마저도 다 떠나간 텅 빈 폐허라는 것을 뜻하고, 따라서 그 텅 빈 마을의 새로운 주민인 나는 늘 기쁘고 행복한 삶을 영위할 수도 있다는 것을 뜻한다. 그렇다. 문둥이들의 집성촌은 반어와 역설이 무성하게 자라나고, 놀라움과 충격이 그 엄청난 성욕처럼 자라난다. "툭툭 떨어진 발가락 같은 돌멩이들"도 있고, "진물처럼 조용히 흘러내리는 실개천"도 있다. "나균인 듯 들러붙는 납거미 거미줄"도 있고, "돌마다 물마다 스민" 문둥이들의 "얼"도 있다. "나는 손목 없는 그들에게 악수를 청"하며, "병이 깊어질수록 본능"에 더 충실한 그들의 종족보존욕망을 생각해보게 된다. "그래선가?/ 이곳의 바람은 쓸개를 훑으며 분다"라는 시구는 "발정난 들고양이"같은 성욕과 그 성욕의 무한증식을 뜻하고, 이 시구의 "쓸개"는 그 성욕에 충실한 용기를 뜻하게 된다. 쓸개는 대담한 용기의 상징이며, 따라서 '쓸개 빠진 놈'이라는 말은 최고급의 욕설이 된다. 왜냐하면 쓸개가 빠졌다는 것은 더없이 용기가 없고, 비겁하고, 줏대가 없다는 말에 지나지 않고 있기 때문이다. "명당이에요. 슬픔은 그들이 다 가져갔거든요"라는 중개인의 말은 "의뭉스런 새벽안개"에 둘러싸여 있고, "화농의 상처 덧나는 석양의 때"에는 "발정난 들고양이의 집요한 울음소리"만이 더없이 기괴하고 음산하게 울려 퍼지고 있는 것이다.

"이곳에 와 나는 살아간다/ 죽어간다/ 영혼의 문둥병자가 되어/ 잊고, 잊혀진 채/ 뭉텅뭉텅 문드러지는 살점/ 내 몸 냄새를 맡는다/ 먼 훗날, 누군가 이곳에 들러

같은 말을 들으리라/ '명당이에요. 슬픔은 그들이 다 가져갔거든요.'

  기쁨은 슬픔이 되고, 즐거움은 고통이 되며, 행복은 불행의 씨앗이 된다. 문둥이가 있어도 문둥이 천국이 되고, 문둥이가 사라졌어도 문둥이 천국이 된다. 어차피 이 세상의 모든 인간관계가 파괴되고, 그 모든 영혼들마저도 속속들이 다 썩어 문드러졌기 때문이다. 그러니까「문둥병자」의 시적 화자는 마치 문둥이처럼 행복하게 살기 위하여 자기 스스로 눈, 코, 입, 귀, 심지어는 영혼마저도 다 일그러뜨리고 있었던 것이 아니던가? 모든 슬픔들을 다 짊어지고 그것을 일용할 양식으로 삼으면서…….
  세상이 문둥이에게서 물러섰다는 것은 세상이 문둥이를 버렸다는 것을 뜻하고, 세상으로부터 물러서기 위해 문둥이가 되었다는 것은 내가 이 세상을 버렸다는 것을 뜻한다. 세상은 눈, 코, 입, 귀 등을 다 가졌지만, 정상의 탈을 쓴 문둥병자들의 세상에 지나지 않고, 문둥병자들은 눈, 코, 입, 귀 등이 다 문드러졌지만, 그 문둥병자들의 탈을 쓴 정상인들에 지나지 않는다. 우리 대한민국은 문둥병자들의 거대한 집성촌에 지나지 않는데, 왜냐하면 모두가 다같이 정상인의 탈을 쓴 문둥병자들에 지나지 않고 있기 때문이다. 기초생활질서를 강조하면 바보가 되고, 표절추방을 역설하면 이방인이 된다. 사회 정의를 위하여 내부고발자가 되면 천륜을 거역한 패륜아가 되고, 온갖 탈세와 불법증여를 일 삼으면 대재벌의 총수가 된다. 범죄는 행복의 보증수표가 되고, 주입식 교육과 표절은 세계적인 사상가로서의 입신 출세의 길이 된다. 우리 한국인들은 눈도 일그러졌고, 코도 일그러졌다. 손가락도 문드러졌고, 발가락도 문드러졌다. 학문도 학교도 문드러졌고, 도덕과 법도 문드러졌다. 종교와 국가도 문드러졌고, 양심도 이성도 문드러졌다. 그 결과, 하와이로, 만주로, 시베리아로, 남양군도로, 멕시코로, 사할린으로 끌려간 노예(조상)들을 날마다 추모하면서, 그 못남을 이어받기 위하여 동족상잔의 피비린내를 그토록 더럽고 추하게 지난 70여년 동안 다 연출해왔던 것이다. 신이 죽은 것이 아니라 우리 한국인들이 모조리 다 죽었던 것이다. 오늘도 이 문둥병자들의 너무나도 잔인하고 끔찍한 폭소극 때문에, 모든 세계인들이 수소폭탄을 산소처럼 들이마시면서 웃지 않을 수가 없는 것이다.

강기원 시인의 『지중해의 피』라는 시집은 시인으로서의 삶의 철학이 장중하고 울림이 크게 그 시적 토대를 구축하고 있다면, 마치 날쌘 검객의 칼날처럼 가장 날카롭고 예리한 남성적 문체가 이 세상의 모든 가치를 베어버리고 있다고 하지 않을 수가 없다. 요컨대 이 남성적인 문체는 마치 암수 한몸인 것처럼 여성성과 결합하여 '지중해의 피'라는 새로운 세계를 창출해내고 있는 것이다. 아무튼 대한민국에서는 문둥병자가 정상인이 되고, 문둥병자가 아닌 사람이 문둥병자가 된다. 우리 한국인들은 이 세상의 슬픔을 다 가져다가 발효시키고, 하루바삐 대한민국을 문둥병자의 천국으로 연출해내지 않으면 안 된다. 아름답고 행복한 삶은 문둥병자들의 특권이지, 눈, 코, 입, 귀 등이 멀쩡한 정상인에게 있는 것이 아니다.

나는 다음 대통령 선거에서 유병언이나 조희팔을 찍게 될 것이다. 쓰레기를 함부로 버리고 자기 스스로 쓰레기 같은 삶을 살고 있는 추한민국에서 과연 어떻게 그토록 고귀하고 위대한 박근혜, 문재인, 안철수, 김무성을 찍을 수가 있단 말인가?

쓰레기를 함부로 버리는 민족과 쓰레기를 함부로 버리지 않는 민족의 차이는 인간과 기생충의 차이보다도 더 크다.

나는 우리 추한민국의 역대 대통령들의 인골人骨로 피리를 만들어서, 그토록 어리석고 우매한 생애를 마음껏 야유하고 조롱해주고 싶다.

유치원의 아이들을 바라볼 때마다 절망하고, 초등학교 어린 학생들을 바라볼 때마다 절망한다. 중학교 학생들을 바라볼 때마다 절망하고, 고등학생들을 바라볼 때마다 절망한다.

미안하구나, 정말 미안하구나! 어쩌다가 문화선진국에서는 그 유례를 찾아볼 수 없는 주입식 암기교육제도라는 함정에 빠져서, 너희들이 그 꿈을 펼쳐보기도 전에 무심코 세월호에 승선했던 안산 단원고의 어린 학생들처럼 비명횡사─'입시지옥'에 빠져서─를 하게 되었느냐?

이제부터 너희들의 삶은 삶이 아니며, 노벨상은 커녕, '표절자'라는 지푸라기를 붙잡고 허우적거리며 살아가지 않으면 안 된단다.

독서중심의 글쓰기 제도가 아닌 주입식 암기교육제도만을 연출해낸 우리 학자들의 죄는 히말라야 산맥보다도 더 크고, 그 어떠한 하나님도 결코 용서하지 않을 것이다.

대한민국은 추한민국이고 지옥이지, 우리 한국인들의 영원한 지상낙원이 아니다.

세계에서 가장 고귀하고 위대한 싸움은 최고급의 인식의 전쟁이다. 마르크스, 프로이트, 칸트, 데카르트, 호머, 셰익스피어같은 천재들을 배출해내면 미국, 중국, 러시아, 일본도 식민지배할 수가 있다. 하루바삐 독서중심의 글쓰기 교육을 채택하지 않으면 안 된다. 아아, 주입식교육에 주눅된 우리 한국인들이여! 낙천주의 사상가인 내 말을 알아듣겠는가?

모든 인간을 다스리고 전세계를 지배하는 것도 인간의 일이며, 인간 중의 인간, 즉 최고의 지식을 가진 인간이 이 세계를 지배하게 되는 것이다.

강영은
꽃산딸나무

어두워가는 하늘에 꽃 모가지를 드리운 나무 성자, 가
로 세로로 얽힌 몸통이 목전에 흰 피를 드리우네, 창백
해가는 얼굴은 바람과 비례로 쏟아지네.

"너의 꽃잎은 십자가 모양을 하되 가시관을 두르고 꽃
잎 끝에는 핏자국을 닮은 무늬를 지닐 것이다" 자신을 매
단 꽃산딸나무에게 예수가 말했다지

그 말은 네가 가엾다는 말, 너를 용서한다는 말이어
서 백년에 한번 피는 입술처럼 내 입술이 흰 빛에 닿네

핏자국 번진 흰 빛은 얼마나 완벽한 생의 비유인가

피가 다른 두 사람이 하나의 슬픔에 닿은 것처럼 오늘
에야 십자가가 된 나무의 슬픔을 아네

빛이 꺾일 때마다 점점 그윽해지는 꽃 색깔, 수의처럼 따뜻하고 또한 서늘한 꽃 색이 아니었다면 나는 꽃산딸나무의 고통을 알지 못했으리

색깔론만 펼치는 풍경에 대해 순전한 향기를 게워내는 꽃산딸나무의 순교는 더욱 몰랐으리

세상의 수많은 色을 훔쳐 내 속에 묻어 두었으니 오늘은 나도 십자가를 짊어지네 수상한 향기만 남은 나무 계단처럼 꽃산딸나무 등에 기대어 찰칵, 나를 못 박네.

— 강영은 시집, 『마고의 항아리』에서

예수는 인류의 죄를 대속하고 죽어간 속죄양이 아니라 이 땅의 민중들을 구원하기 위하여 순교를 해간 문화적 영웅이라고 할 수가 있다. 유태교의 제사장과 장로들에게 맞서서, '가난한 자, 힘 없는 자, 지배를 당하는 자'의 복음을 역설하다가 십자가에 못박혀서 죽어간 예수의 비극적인 삶이 바로 그것을 말해준다. 죽음에는 순교자의 죽음과 비순교자의 죽음만이 있을 뿐이다. 순교자의 죽음은 아름답고 고귀하며 만인들의 귀감이 되지만, 이 땅의 어중이 떠중이들의 죽음은 더럽고 추하며, 기껏해야 이 세상의 삶에 대한 허무감이나 그 분노만을 증폭시키게 된다.

나는 예수가 꽃산딸나무로 만든 십자가에 못박혀서 죽어갔는지는 알 수가 없다. 예수가 못박혀서 죽어간 나무가 꽃산딸나무이고, 그 결과, 꽃산딸나무의 꽃잎이 십자가의 모양을 하게 되었다는 것은 매우 독특하며, 상징

조작자들의 그것에 값한다고 하지 않을 수가 없다. "너의 꽃잎은 십자가 모양을 하되 가시관을 두르고 꽃잎 끝에는 핏자국을 닮은 무늬를 지닐 것이다."

혁명에는 성공을 했지만, 혁명의 과업은 좀처럼 완수되지를 않는다. 민족의 반역자인 독재자를 처형했지만, 그는 결코 어진 현자가 되지를 못하고 그가 그토록 혐오하고 싫어했던 독재자를 너무나도 똑같이 닮아간다. 이 세상의 삶이나 인간의 성향은 좀처럼 변하지 않으며, 따라서 우리 인간들은 동일한 무대에서, 동일한 배우들이, 동일한 주제들만을 되풀이 변주하고 있는 가면무도회만을 연출해내고 있는 것인지도 모른다.

예수가 꽃산딸나무가 되고, 꽃산딸나무가 시인이 된다. 이 삼위일체의 정신이 "피가 다른 두 사람이 하나의 슬픔에 닿은 것처럼 오늘에야 십자가가 된 나무의 슬픔을 아네"라는 시구와 "색깔론만 펼치는 풍경에 대해 순전한 향기를 게워내는 꽃산딸나무의 순교는 더욱 몰랐으리"라는 시구와 그리고 "세상의 수많은 色을 훔쳐 내 속에 묻어 두었으니 오늘은 나도 십자가를 짊어지네 수상한 향기만 남은 나무계단처럼 꽃산딸나무 등에 기대어 찰칵, 나를 못 박네"라는 매우 아름답고 뛰어난 시구들 속에서 가장 아름답고 찬란하게 꽃 피어나게 된다.

예수의 순교가 꽃산딸나무의 순교가 되고, 꽃산딸나무의 순교가 시인의 순교가 된다. 모든 꽃이 자기 자신의 생존과 그 노력의 결정체이듯이, 그들의 순교에는 좌우의 이념—색깔론이 그것이다—을 뛰어넘고, 이 세상의 수많은 色들—수많은 사람들의 사상과 취향과 성격들—을 종합하여, 궁극적으로는 시의 공화국으로 모든 사람들을 인도하고자 하는 고귀하고 위대한 뜻이 담겨 있는 것이다.

이서빈 송수권
송찬호 공광규
문정희 박이화
김성애 김영수
장효종

이서빈
식탁에 둘러앉아

옛 친구 셋이 수다 한 상 차렸다.
이야기를 사과껍질처럼 돌려 깎는다.
흘러내리는 추억들 구불구불 쟁반에 쌓이고
접시에 담긴 말들
아삭아삭 사과맛이 난다.
새콤달콤 이야기 당도가 올라간다.
쓴말 쓰레기통에 버려지고
입에 붙는 말만 포크로 찍어 서로에게 권한다.

수다가 몸집을 불리자
제 입맛과 다르다고 투덜대는 여자들
깔끔한 성격과 결혼한 친구는 결벽증에
낭만과 결혼한 친구는 과소비에
일편단심과 결혼한 친구는
그 질긴 고집에 못 살겠단다.

여자들, 식탁에 둘러앉아
접시에 펼쳐놓은 말 자꾸 맛보는 여자들
과식으로 배가 부르다.
어느새 바닥에 깔고앉은 하루도 지루해지고
먹다 남은 과일 누렇게 변했다.

배고픈 집들,
아내 엄마 며느리를 찾기 시작한다.

― 이서빈 시집, 『달의 이동 경로』에서

조국을 떠나 외국생활을 하다가 보면 그 무엇보다도 제일 그리운 것이 모국어라고 한다. 비록, 몸은 머나먼 타향살이를 하고 있을지라도 모국어로 사유하고 모국어로 꿈을 꾸며, 모국어로 밥을 먹으면서 살아가게 된다. 모국어는 어머니의 언어이며, 우리 인간들은 모국어가 없으면 잠시도 살아갈 수가 없는 것이다. 밥을 먹지 않으면 배가 고프듯이, 하고 싶은 말을 참고 견디면 말이 고파진다. 말이 고플 때에는 혼잣말을 하거나 편지를 쓰거나 전화를 걸게 된다. 말을 하고 싶다는 것은 말이 고프다는 것이 되고, 누군가를 만나서 반드시 말의 허기를 채우지 않으면 안 된다. 사랑의 말도 있고, 다정다감한 정담의 말도 있다. 이 세상의 도덕과 법률과 인류의 미래를 이야기하는 고담준론도 있을 수가 있고, 상호간의 사상과 이념과 취향에 따른 열띤 논쟁의 말도 있을 수가 있다. '수다'는 쓸데없이 말수가 많다는 것을 뜻하지만,

다른 말로 말하자면 아주 가까운 사람들끼리 둘러 앉아서 이야기꽃을 피우는 것을 말한다. 수다의 대상은 흉허물이 없는 사이이며, 서로간에 그 모든 마음을 탁 터놓고 말할 수 있는 사이이다. 옛 친구 셋이 수다 한 상을 차렸고, 사과껍질처럼 이야기를 돌려깎는다. 아삭아삭 사과맛이 나고, 새콤달콤 이야기의 당도가 올라간다. 입맛에 맞는 말만 포크로 찍어 서로에게 권하고, 쓴말은 따로 골라서 쓰레기통에다가 버린다. 수다가 몸짓을 불리면, 서로가 제 입맛과 다르다고 그 여자들은 투덜댄다. 깔끔한 성격과 결혼한 친구는 그 남편의 결벽증 때문에 못살겠다고 하고, 낭만과 결혼한 친구는 그 남편의 과소비 때문에 못살겠다고 하며, 일편단심과 결혼한 친구는 그 남편의 황소 고집 때문에 못 살겠다고 한다. 이서빈 시인의 「식탁 위에 둘러앉아」는 말들의 성찬을 보여주고 있는 시이며, '수다의 현상학'이 이야기꽃으로 피어난 시라고 할 수가 있다. 말이 고프면 수다를 떨게 되고, 수다를 떨게 되면 "배고픈 집들"에서 "아내와 엄마와 며느리를 찾기 시작"할 때까지 이야기꽃을 피우게 된다. '수다의 현상학'에서는 경제는 부차적인 문제에 지나지 않으며, 요컨대 최종심급은 말이라고 하지 않을 수가 없다.

말은 욕망이며, 식욕이고, 우리 인간들의 존재의 근거이다. 말은 권력이고, 돈이며, 이 세계는 말들의 위계질서로 조직되어 있다.

이서빈

無

없을 '無'자 하나를 벽에 걸어놓고 보면
훤한 빈곳들은 더 잘 보인다.
많고 넘치는 것들 컴퓨터 바탕화면 휴지통에
문서를 버리고 확인해보면
없을 '無'자 하나가 비좁게 들어 앉아있다.
비우라고 있는 현혹, 정말 없다면 無자도 없을 것인데
자신은 턱 버티고 나머지만 없다 한다.

가끔 虛자로 보이기도 한다.
다리가 네 개나 달려있는 '無'자는 다리 뻗을 곳 봐가
며 방향을 정한다.
이때 쥐털소리 찍찍거리다,
다리 하나를 더 달아 허둥대기도 한다.

모든 것을 일시에 사라지게 하는 망각

포근한 눈을 덮고 겨울잠을 자는 봄에 입김을 불어 넣어
  황무지에 무지가 돋고 검은 등걸에
  삐죽삐죽 눈을 돋아나게 하는 '無'
  분명 있으면서 없는 '無'….

  이름없음을 無名이라 한다면
  그것은 또 얼마나 광활한 범위인가.
  '無'자 이전에 '有'자가 살았다는 기록은 본 적 없다.
  있다면 있고 없다면 없는 구름같은 '無'
  밤새도록 '無'자를 생각하다 '無'자에게 침식당한 밤
  새벽까지만 해도 없던 아침이 환히 떠오른다.

  '無'는 돌아보면 무수히 많다.
  아무것도 없다는 말,
  그처럼 큰말도 없지 싶다.
  ─이서빈 시집, 『달의 이동 경로』에서

이서빈 시인의 「無」는 '무의 현상학'으로서의 무의 존재와 무의 생산성과 무의 유용성을 역사 철학적으로 증명하고 있는 매우 아름답고 뛰어난 시라고 할 수가 있다. 무는 '없을 무'이며, 그 모든 것을 무화시킬 수 있는 무이다. "없을 '無'자 하나를 벽에 걸어놓고 보면/ 흰한 빈곳들이 더 잘" 보이듯이, "자신은 턱 버티고 나머지만 없다고 한다." 무는 "다리가 네 개나 달려"있고, 늘, 언제나 "다리 뻗을 곳을 봐가며 방향을 정한다." 무는 "쥐털소리를 찍찍거리"게도 하고, "겨울잠을 자는 봄에 입김을 불어넣"기도 한다. "황무지에 무지가 돋고 검은 등걸에/ 삐죽삐죽 눈을 돋아나게 하는 無," "분명 있으면서 없는 無," "있다면 있고 없다면 없는 구름같은 無—." 무는 그 어디에도 있고, 무는 그 어디에도 없다. 무는 천변만화하는 요술쟁이이며, 이 '무의 생산성'을 통해서 모든 '유有'를 가능하게 하고 있는 것이다. 무는 흰한 빈곳을 더 잘 보이게도 하고, "포근한 눈을 덮고 겨울잠을 자는 봄에 입김을 불어넣어" 만물이 태어나게도 한다. 무는 "황무지에 무지가 돋고" 모든 쥐털소리를 찍찍거리게도 만든다. "'無'자 이전에 '有'자가 살았다는 기록은 본 적도 없고" 따라서 이 무의 여신은 천지창조의 여신과도 같다.

    '無'는 돌아보면 무수히 많다.

    아무 것도 없다는 말,

    그처럼 큰말도 없지 싶다.

　이서빈 시인은 '무의 현상학'을 통해서 이처럼 무에게 그 생명력을 부여하고, 그 유용성을 통해서 무의 생산성을 창출해내게 되었다. 모든 것은 무에 의해서 태어나고, 모든 것은 무에 의해서 죽어간다. 무는 천지창조의 텃밭이며, 이 '무의 현상학의 대가'는 그 이름도 거룩한 이서빈, 즉, '언어의 현상학의 대가'라고 할 수가 있는 것이다. 천재는 태어나는 것이 아니라 느닷없이 출현한다.

　현상학자는 눈에 보이는 것과 눈에 보이지 않는 것을 구별하고, 어떤 말의 의미와 그 말이 배제하고 있는 의미를 구별한다. 오직 나만을 알 수 있다는 '유아론唯我論'

에서 나의 마음과 행동양식을 통하여 타인의 행동양식을 보고 그의 마음을 읽어낼 수 있다는 '유비론類比論'을 정립해내고, 이 유비론의 약점을 통하여 또다시 '유아론의 정당성'을 연출해내게 된다. 우리가 알 수 있는 것은 현상뿐이지만, 그러나 다양한 현상들을 탐구함으로써 그 사물의 본질을 알 수 있다는 현상학자는 점과 선, 선과 평면, 평면과 입체, 입체와 입체, 입체와 우주, 우주와 무한의 세계를 이해하고 있는 학자 중의 학자라고 할 수가 있다. 이서빈 시인은 언어의 현상학자로서 '마침표의 현상학'과 '수다의 현상학,' 그리고 '쉬의 현상학'과 '無의 현상학'을 연출해냈고, 그리하여 '마침표'와 '수다'와 '쉬'와 '무' 등의 존재와 그 생산성과 유용성을 그어느 누구보다도 가장 아름답고 탁월한 시들로서 증명해낸 바가 있다. 사상과 이론은 논리적이고, 이 딱딱하고 난해한 논리는 시의 예술성을 질식시킬 수도 있다. 하지만, 그러나 이서빈 시인의 시들은 그 수준 높은 완성도를 자랑하며, 무오류성의 아름다움을 보여주고 있다고 해도 과언이 아니다. 「마침표 · 」, 「식탁에 둘러앉아」, 「쉬와, 쉬와, 쉬」, 「無」, 「달의 이동 경로」 등의 시들이 바로 그것을 증명해준다.

만일, 그렇다면, "열린 문은 반드시 닫힌다," "죽음이 가까워올수록 발버둥엔 탄력이 생긴다," "불을 훔쳐낸 고통이 만장으로 팔락인다," "발굽닿는 자리에 소금 부서지는 소리가 짜다," "벙어리장갑 끈은 너무 짧았고, 이별의 끈은 너무 길었네," "근심이 많은 잠은 뿌리가 얕다," "삶이란 말에 죽음이 살고/ 죽음이란 말속에 삶이 죽는 것이다," "가시 많다는 건 겁 많다는 것이 아닐까," "저 하루살이의 시작과 끝엔 반일을 살고가는/ 피울음 장엄한 해와 달이 있다"라는 잠언과 경구를 자유자재롭게 쓸 수 있는 최고급의 인식의 힘은 그 어디에서 나온 것일까? 나는 우리 한국인들에게 이렇게 말해주고 싶다. "우리 한국인들이여, 참으로 고전다운 고전을 읽으라. 고전 속에서 최고급의 지혜를 배우고, 이 고전의 힘으로 새로운 지혜를 창출해내라!" 첫째도 공부이고, 둘째도 공부이고, 셋째도 공부이다. 모든 시인들의 사명은 이 불멸의 고전들을 읽고 그 '명명의 힘'을 기르는 것이며, 이 '명명의 힘'으로 새로운 세계를 창출해내는 것이다. 이서빈 시인의 '언어의 현상학'이나 '오체투지의 시학'이 저절로, 우연히 정립된 것이 아니고, 그것은 그의 붉디 붉은 피로 정립된 것이다.

시인은 모든 가치의 창조자이자 세계의 창조자이고, 언어의 기원을 소유한 종족의 창시자이다. 인간은 불완전하고 유한한 존재이지만, 신은 전지전능하고 무한한 존재이다. 하지만, 그러나 태초에 말씀으로 이 세계를 창조했듯이, 그 유한성의 한계를 뚫고 이 세계를 창조한 것은 우리 시인들이었다고 나는 믿어 의심하지 않는다. 신이 인간을 창조한 것이 아니라, 인간이 신을 창조한 것이다. "삶이란 말에 죽음이 살고/ 죽음이란 말속에 삶이 죽는 것이다(「부조화의 조화」)." 이 세상의 근본이치는 '부조화의 조화'이며, '어울리 않는 것의 어울림'이다. 우리 인간들의 자유와 개성은 부조화의 산물이기는 하지만, 이 부조화의 부조화를 통해서 반드시 조화를 이루어 나가게 되어 있는 것이다. 부조화 속에서 만물이 생겨나고, 부조화 속에서 만물이 조화를 이루게 된다. 이서빈 시인의 말대로, 부조화는 만물의 아버지이며, 그 모든 것이다. 종합적인 시선이란 부분을 전체와 관련시켜 이해하고, 전체는 부분과 관련시켜 이해하는 시선을 말한다. 종합적인 시선의 소유자는 분명한 목표가 있고, 이 분명한 목표가 있기 때문에 그 어떠한 어려움과 장애물들을 만나게 될지라도 결코 우회하거나 좌절할 줄을 모른다.

'오체투지의 시학'은 그 무엇보다도 뜨거운 열정의 소산이며, 시인은 단어 하나, 토씨 하나에도 자기 자신의 목숨을 걸었던 것이다. 이서빈 시인의 시는 붉디 붉은 피로 씌어진 것이고, 이 티없이 맑고 순수한 피가 모든 인류의 더럽고 때묻은 피를 씻어주게 될 것이다.

이서빈 시인의 『달의 이동 경로』는 한국문단의 경사이며, 우리 대한민국과 우리 한국어의 영광을 위해서 그 지혜의 등불을 영원히 밝히게 될 것이다.

배우고 생각하지 않으면 오묘한 진리를 이해할 수 없고, 생각하고 배우지 않으면 위태로운 사상에 빠지게 된다(공자). 나는 배우면서 늙어간다는 어느 현자의 말씀도 있지만, 우리는 배우면서 더욱더 젊어져 가지 않으면 안 된다.

앎처럼 즐겁고, 앎처럼 기쁘며, 앎처럼 최고급의 행복을 연출해낸 것도 없다. 아는 것은 힘이고, 아는 것만큼 보인다. 이 앎의 힘은 천지를 창조할 수 있는 힘이며, 그 모든 것들의 생사를 움켜쥘 수 있는 힘이다. 앎은 전제군주이며, 앎 앞에서의 만인평등은 없다. 모든 싸움은 이 앎을 소유하기 위한 최고급의 인식의 제전일 뿐인 것이다.

지혜(앎)는 모든 만물들의 양식이다. 지혜로서 살고
지혜로서 죽는다.

송수권
순이삼촌

이웃 사촌이 논을 사도
배가 아프다는데
제주에선 고유명사인 순이삼촌을
보통명사로 쓴다
이웃 사촌을 한 촌수 더 당겨서
순이삼촌이라 부른다
순이삼촌은 복수의 언어가 아닌
홀수의 언어
한솥밥을 먹고 자란 가족이란 뜻이다
순이삼촌 어데 가 하면
남자 대답이 들리는 게 아니라
'곤을동 물 길러간다'라고
올레길 담구멍 물허벅 속에서도
여자의 숨비 소리가 들린다
솥뚜껑을 뒤집어 놓고

둘둘 빙떡을 말다가도

순이삼촌 홀아방 식개* 언제 먹엉?하고 물으면

빙떡 메밀향이 입안 가득

혀끝을 아린다

― 송수권 시집, 『흑룡만리』에서

* 식개食봄 : 다 같이 모여 먹는 제사떡 또는 그 음식.

동아시아의 회전문, 태평양의 관문, 한반도의 귀걸이, 평화의 섬, 자연의 섬, 1만 8천의 신이 사는 섬―.

이 아름답고 평화로운 섬은 도덕이 없어도 되었고, 법이 없어도 되었다.

너와 나는 다같이 하나가 되었고, 그 모든 일들은 저절로 일어나고 저절로 해결되었다.

순이삼촌, 참으로 거룩하고 순결한 말이다. 삼촌은 특수한 혈통과 인척관계를 지칭하는 말이지만, 제주도에서는 그러나 그의 이웃들, 즉, 모든 사람들과의 관계를 뜻한다. 고유명사가 아닌 보통명사인 순이삼촌, 남자만을 지칭하는 언어가 아니라 여자들도 지칭하는 순이삼촌, "한솥밥을 먹고 자란 가족이란 뜻"의 순이삼촌.

송수권의 「순이삼촌」이라는 시를 읽으면 제주 사람들의 더없이 다정다감한 천성과 함께, 그 아름다운 풍습이 생각나고, 그 아름다운 풍습과 어진 천성이 죄가 된 제주 사람들의 불행이 떠오른다.

아름다움의 저주, 그 천형의 형벌, 오늘도 순이 삼촌은 그 천형의 형벌의 삶을 살아간다.

송수권 시인의 『흑룡만리黑龍萬里』는 『새야새야 파랑새

야」, 『달궁 아리랑』, 『빨치산』에 이은 네 번째 장편 대서사시집이며, 일제식민시대를 거쳐서, 남북분단과 좌우이념투쟁에 희생된 제주도민의 넋을 위로하는 진혼가라고 할 수가 있다. 하루바삐 우리 한국인들의 역사적 상처와 그 아픔을 치유하고 남북통일을 염원하는 노老 시인의 정신이 『흑룡만리黑龍萬里』라는 기념비적인 대서사시로 나타난 것이다. 영국의 셰익스피어, 독일의 괴테, 이탈리아의 단테가 있듯이, 우리 한국문학사도 이제는 송수권 시인이라는 대서사시인을 맞이하게 된 것이다.

송찬호

눈사람

내가 시간에 쫓겨 헐레벌떡 열차에 뛰어올랐을 때
내 옆자리 창가에
눈사람이 앉아 있었다

찌는 듯한 한여름인데도 눈사람은 더워 보이지 않았다
겨울에 보았던 모습 그대로
털모자를 쓰고 목도리를 두르고 있었다
땀도 흘리지 않았다

눈사람의 모습은 뭐랄까,
기나긴 겨울전쟁에서 패하고
간신히 그의 고향으로 돌아가는
상이군인 같았다
  어느 해 겨울 선거에 패하고 흰 붕대를 하고 다닌 사
람들 모습의

눈사람은 나를 향해 한 번 희미하게 웃는 듯 했다
찌는 듯 더위도
그의 흰 피가 흘러내려
의자의 시트를 더럽히지는 않을 거라고 말하는 것 같
았다

그 이상 우리는 서로 말이 없었다
열차는 한 여름밤
자정을 향해 끝없이 달렸다

얼마쯤 달렸을까 깜빡 졸다 깨어보니
옆자리는 비어 있었다
그는 어디쯤에서 내린 걸까
털모자나 목도리 하나 남겨두지 않고
— 송찬호 시집, 『분홍 나막신』에서

대한민국은 사계절의 변화가 뚜렷하고, 한여름은 가마솥이 끓는 듯한 불볕 더위가 기승을 부릴 때를 말한다. 외양간의 소와 울타리밑의 강아지와 닭들도 축 늘어진 채 꼼짝을 하지 않고, 모든 풀과 나무들마저도 혀를 내밀고 그 헐떡거리는 숨을 고르게 된다. 그런데 한 여름의 '눈사람'이라니, 어쩌다가 살다가 보니, 이러한 기상천외한 사건이 다 벌어질 때도 있었던 것이다. 눈사람도 밥을 먹고 옷과 목도리를 두른다. 눈사람도 살아 움직이며 열차를 탄다. 눈사람도 "나를 향해 희미하게 웃는" 것처럼 감정을 지녔으며, 눈사람도 붉디 붉은 피가 아닌 '흰피'를 지닌 인간이었던 것이다.

송찬호 시인의 「눈사람」은 눈으로 뭉쳐 만든 사람도 아니고, 실제로는 존재하지 않는 상상 속의 가상의 존재를 말한다. 봄이 왔지만 봄이 온 것이 아니듯이, 여름이 왔지만 여름이 온 것이 아니다. 눈사람은 겨울 전쟁에서 패배를 한 사람이거나 그 사활적인 운명이 걸린 선거에서 패배를 한 사람이다. 전쟁의 목적도 승리이고, 선거의 목적도 승리이다. 승자독식구조는 패자에 대한 배려가 없는 구조이며, 그 모든 것을 승자가 다 가져가는 것을 말한다. 그 무엇을 말하고 명령할 권리, 수많은 자원을 배분하고 그것을 독점할 권리, 성교를 하고 여성을 선택할 권리, 수많은 패잔병들의 목숨을 빼앗거나 노예로 삼을 수 있는 권리 등이 바로 그것을 증명해준다. 전쟁과 선거―, 그 패배의 아픔은 너무나도 쓰라리고, 이미 그의 목숨은 산송장에 지나지 않게 된다.

송찬호 시인의 「눈사람」은 환영이고, 허상이며, 전혀 터무니없고 허무맹랑한 공상과학소설에서나 등장할 인물에 지나지 않는다. "찌는 듯한 한여름인데도" "겨울에 보았던 모습 그대로/ 털모자를 쓰고 목도리를 두르고" 있는 눈사람, 땀도 흘리지 않고 "기나긴 겨울전쟁에서 패하고/ 간신히 그의 고향으로 돌아가는/ 상이군인"같은 눈사람, "어느 해 겨울 선거에 패하고 흰 붕대를 하고 다닌 사람들"같은 눈사람, 찌는 듯한 더위에도 "그의 흰 피가 흘러내려/ 의자의 시트를 더럽히지는 않을" 것같은 눈사람―. 요컨대 살아 있어도 살아 있는 사람이 아닌 사람과 죽고 싶어도 죽을 수도 없는 사람이 송찬호 시인의 「눈사람」이었던 것이다.

눈사람은 한겨울 동토의 원주민이고, 눈사람은 시체와 유령처럼 살아가게 된다. 사나운 눈보라가 몰아치고, 영하 50도의 추위가 기승을 부린다. 춥고, 배가 고프다. 온몸의 피가 얼어붙은 듯 하고, 눈사람만이 눈사람으로서 얼어붙은 듯이 살아 있다. 나라도 잃었고, 희망도 잃었다. 이 세계를 지상낙원으로 변모시킬 수 있는 건강과 삶의 의지도 잃었고, 이미 그가 돌아갈 수 있는 고향조차도 존재하지를 않았다. "얼마쯤 달렸을까 깜빡 졸다 깨어보니/ 옆자리는 비어 있었다/ 그는 어디쯤에서 내린 걸까/ 털모자나 목도리 하나 남겨두지 않고—."

송찬호 시인의 「눈사람」은 꿈과 희망을 잃어버린 사람의 표상이며, 더 이상 그 어떠한 구원의 손길도 뻗칠 수가 없는 최후의 사람이라고 할 수가 있다.

열차는 목적지도, 종착지도 없는 열차이며, 비명횡사를 싣고 다니는 순환열차이다. 눈사람과 시인—, 더 이상 살고 싶지 않은 마음이 '비명횡사'라는 털모자를 쓰고, 외투를 걸친다.

맹자도 천하의 근본은 나라에 있다고 말한 바가 있고, 아리스토텔레스도 국가는 개인보다 우선한다고 말한 바가 있다. 인간은 사회적 동물이고, 인류의 역사상, 국가보다 더 좋은 단체는 존재하지 않았다. 우리에게 언어를 가져다가 준 것도 국가였고, 우리를 가르치고 직업을 갖게 해준 것도 국가였다. 외적의 침입을 막아준 것도 국가였고, 선악의 가치기준표를 만들어 준 것도 국가였다. 따라서 우리는 이 국가를 위하여 자기 자신의 모든 것을 다 바치고, 언제, 어느 때나 이 국가의 명령을 수행할 준비를 하고 있지 않으면 안 된다. 국가의 명령은 우리 인간들의 사명이자 의무이며, 그 명령을 거역할 때는 반드시 그것에 상응하는 벌을 받지 않으면 안 된다.

국가는 신성한 국가이고, 국가는 정의로운 국가이지 않으면 안 된다. 정의가 없으면 신성한 국가가 될 수 없고, 신성한 국가가 아니면 정의로운 국가가 될 수 없다. 국가는 도덕과 법과 질서가 살아 숨쉬는 국가이며, 이 도덕과 법과 질서가 무너지면, 그 국민은 이민족의 지배를 받게 된다. 이민족의 지배를 받게 되면, 그 민족은 영원히 노예의 운명에서 벗어날 수가 없게 된다. 그 옛날 조선총독이었던 '아베 노부유키'는 "우리 일본은 총과 대포

보다 더 무서운 식민교육을 심어놓았다. 앞으로 조선인은 서로 이간질하며 노예적 삶을 살 것이다"라고, 저주의 말을 퍼부어댄 적도 있었다.

아아, 우리 한국인들이여, 오직 공부를 하고 또 공부를 하는 수밖에는 없다. 일본이나 미제국주의자들이 심어놓은 식민사관을 극복하고, 우리 한국정신으로 그 모든 제국주의적인 마수를 몰아내지 않으면 안 된다.

정치란 국가와 민족을 위해서 봉사하는 것이다. 무보수 명예직이 기본이다. 세비 오천 만원, 비서 한 명이면 된다. 더 이상 정치를 핑계삼아 우리 대한민국의 혈세를 축내겠다고 '생떼'를 쓰지 않았으면 한다. 기본에 충실하지 않으면 안 된다.

전국토에 쓰레기가 하나도 없고 사기꾼이나 좀도둑이 살 수 없는 나라, 명예와 생명은 하나라는 신념 하나로 그 어떤 불의와도 타협을 하지 않는 기사도 정신, 새로운 사건과 현상을 최초로 명명하고 그 사상과 이론으로 모든 인류를 감동시킬 수 있는 사상가의 정신, 그 후손들에게 무한한 꿈과 용기를 불어넣어주며 언제, 어느 때나 민심과 국력을 결집시킬 수 있는 조국애 등이 우리 정치인들의 최고의 덕목이 되지 않으면 안 된다.

대한민국은 이러한 고급문화인의 덕목을 전혀 배우지도 못한 채, 눈앞의 사소한 이익을 위하여 전국토를 쓰레기장으로 초토화시켜놓은 국가라고 하지 않을 수가 없다. 대통령이라는 쓰레기, 국무총리라는 쓰레기, 장관이라는 쓰레기, 국회의원이라는 쓰레기, 교수라는 쓰레기, 재판관이라는 쓰레기, 검사라는 쓰레기, 학생이라는 쓰레기, 공무원이라는 쓰레기―.

여기는 쓰레기의 나라, 모든 인류의 불결함이 축적되어 있는 나라이지요!!

공광규
담장을 허물다

고향에 돌아와 오래된 담장을 허물었다.
기울어진 담을 무너뜨리고 삐걱거리는 대문을 떼어
냈다
담장 없는 집이 되었다
눈이 시원해졌다

우선 텃밭 육백 평이 정원으로 들어오고
텃밭 아래 사는 백살 된 느티나무가 아래 둥치째 들
어왔다
느티나무가 그늘 수십 평과 까치집 세 채를 가지고 들
어왔다
나뭇가지에 매달린 벌레와 새소리가 들어오고
잎사귀들이 사귀는 소리가 어머니 무릎 위에서 듣던
마른 귀지 소리를 내며 들어왔다

하루 낮에는 노루가

이틀 저녁엔 연이어 멧돼지가 마당을 가로질러갔다

겨울에는 토끼가 먹이를 구하러 내려와 방콩 같은 똥을 싸고 갈 것이다

풍년초 꽃이 하얗게 덮인 언덕의 과수원과 연못도 들어왔는데

연못에 담긴 연꽃과 구름과 해와 별들이 내 소유라는 생각에 뿌듯하였다.

미루나무 수십 그루가 줄지어 서 있는 금강으로 흘러가는 냇물과

냇물이 좌우로 거느린 논 수십만 마지기와

들판을 가로지르는 외산면 무량사로 가는 국도와

국도를 기어다니는 하루 수백 대의 자동차가 들어왔다

사방 푸른빛이 흘러내리는 월산과 청태산까지 나의 소유가 되었다

마루에 올라서면 보령 땅에서 솟아오른 오서산 봉우리가 가물가물 보이는데

나중에 보령의 영주와 막걸리 마시며 소유권을 다투

어볼 참이다

　오서산을 내놓기 싫으면 딸이라도 내놓으라고 협박
할 생각이다

　그것도 안 들어주면 하늘에 울타리를 쳐서

　보령 쪽으로 흘러가는 구름과 해와 달과 별과 은하수
를 멈추게 할 것이다

　공시가격 구백만원짜리 기울어가는 시골 흙집 담장
을 허물고 나서

　나는 큰 고을 영주가 되었다

　— 공광규 시집, 『담장을 허물다』에서

자연은 이 세계이며, 모든 만물의 창조주이다. 전지전능한 신이라고 허풍을 떨어대는 예수도, 제우스도, 시바도 자연의 품안을 떠나서는 존재할 수 없고, 언제, 어느 때나 만물의 영장이라고 허풍을 떨어대는 인간들도 자연을 떠나서는 존재할 수 없다. 자연은 전지전능한 아버지이며, 그 넓고 넓은 옷자락에 모든 생명체들을 다 품어 기른다. 시간의 수레바퀴도 자연의 힘으로 돌아가며, 이 자연의 힘에 의하여 만물이 태어나고, 그 모든 것들이 꽃을 피우며 그 일생을 마치게 된다. 개체는 생멸을 거듭하지만 종은 영원하다. 모든 것은 가고 모든 것은 되돌아오며 자연의 역사는 그 힘찬 발걸음을 멈추지 않게 된다. 자연은 이 세계의 창조주이지만, 그러나 이 소유권은 모든 만물들에게 나누어 주는 소유권이지, 타인들의 삶을 짓밟고 유린하는 소유권이 아니다. 모든 것을 다 가졌지만, 자기 자신을 위해서는 그 어떠한 소유권도 행사하지 않는 자연, 자기 자신의 부를 다 버림으로서 영원한 만물의 소유주가 된 자연, 어느 누구도 그 재산을 빼앗거나 약탈해갈 수 없는 자연—. 자연의 재산은 결코 소멸되지도 않으며, 어느 누가 약탈해갈 수도 없다.

부자로서 죽는 것은 부끄럽다는 말이 있다. 부자라는 것은 타인들과의 밥그릇 싸움에서 승리하여, 타인들의 희생을 딛고 좀 더 안락하고 행복한 삶을 살았다는 것을 뜻할 수도 있다. 따지고 보면 부자는 만인의 공동소유인 자연(재산)을 지나치게 많이 소유했던 것이고, 따라서 이제는 그 사적인 소유물을 아낌없이 다 환원하고 죽어가지 않으면 안 된다. 빈손으로 왔다가 빈손으로 가는 것이다. 이 자연의 삶을 그러나 사악한 혈연주의로 유린하여 '부의 대물림'을 하는 못된 인간들이 있는 것이다. 성직을 세습하는 종교인들, 권력을 세습하는 정치인들, 부를 세습하는 재벌들은 '부자로서 죽는 것은 부끄럽다'라는 말의 참된 의미를 깨닫고 하루바삐 새로운 인간으로 태어나기를 바란다. 자연은 자연이 주인이며, 우리는 이 자연의 재산을 잠시 빌려 쓰고 가는 것이다. 부자는 자연의 재산을 가로채간 사기꾼이며, 영원한 범죄인에 지나지 않는다.

자연에는 담장이 없다. 이 담장의 원시적 형태는 일종의 영역 표시이며, 대부분의 동물들은 아직도 이 영역 표시를 하면서 살아간다. 영역은 그 주체자의 삶의 영역이며, 그 영역을 토대로 이 세상의 삶을 살아가게 된다. 이 영역을 둘러싸고 온갖 사나운 생존투쟁이 다 일어나지만, 그러나 이 영역 표시는 담장을 필요로 하지 않는다. 담장은 자본주의적인 양식이며, 이 담장은 소유권과 관련이 있다. 자본주의의 정신적 지주는 개인주의이며, 개인주의는 사회로부터 독립한 인간의 삶을 최고의 미덕으로 옹호하는 사상을 말한다. 작은 국가와 작은 정부를 옹호하는 대신에 사유재산을 하나님으로부터 물려받은 신성불가침의 특권으로 숭배하고, 하늘이 무너져내려도 그 재산만을 지키려고 하는 것이 오늘날의 자본주의적인 인간들이기도 한 것이다. 만인평등보다는 소수의 예외적인 특권을 주장하고, 공동체 사회의 도덕이나 법률보다는 개인의 자유를 더욱더 선호한다. 담장은 자본주의의 상징이며, 이 담장에 의하여 네것과 내것의 소유개념이 더욱더 명확해진다. 여기는 내 땅―내 집이며, 어느 누구도 함부로 이 담장을 넘어와서는 안 되며, 또한 이 담장 안에서 일어나는 그 모든 일들을 알려고 해서는 안 된다. 담장을 잘 쌓아야 소유권 분쟁이 없어지고, 담장을 잘 쌓아야 개, 개인의 사생활이 보장되는 것은 물론, 모든 인간들의 근본 목표인 행복이라는 삶의 장미가 만발하게 된다. 담장은 행복의 성채이며, 고급문화의 초석이라고 할 수가 있다.

공광규 시인의 「담장을 허물다」는 '버림의 미학'의 극치이며, '자연주의의 승리'라고 할 수가 있다. 담장을 허물었다는 것은 사적인 공간을 허물었다는 것이고, 사적인 공간을 허물었다는 것은 더 이상의 소유권에 집착하지 않겠다는 것을 말한다. 너와 나는 남이 아닌 '우리'이며, 이러한 담장을 허물어버림으로서 모두가 다같이 잘 살 수 있는 만인의 평등과 만인의 행복을 추구해나가지 않으면 안 된다. 담장은 자연에 반하는 구조물이며, 이 담장을 신봉하는 자본주의는 살인, 강도, 강간, 사기, 횡령 등 온갖 범죄인들을 양산해내게 된다. 자연에는 소유권도 없고, 자연에는 범죄도 없다. 담장은 도덕과 법률을 만들고, 담장은 형무소와 죄인을 만든다. 담장을 허문다는 것은 사적인 공간을 포기한다는 것이며, 사적인 공간을 포기한다는 것은 자연으로 돌아가겠다는 것이다. "고향에 돌아와 오래된 담장을 허물고" "삐걱거리는 대문을 떼어"내자, 천년 묵은 체증이 다 내려간 것처럼 만사형통의 기적이 일어나게 된 것이다. 담장을 선호하면 도둑을 맞을까봐 전전긍긍을 하게 되지만, 담장을 헐어버리면 그는 천하의 주인공처럼 호쾌해진다. 하늘도 시인을 위해 있고, 해와 달과 별들마저도 시인의 영광을 위하여 떠오른다. 새소리도, 풀벌레의 울음소리도 시인을 위해 있고, 산천초목도 시인을 위해 꽃을 피우고, 그 열매를 맺게 된다. "우선 텃밭 육백 평이 정원으로 들어오고/ 텃밭 아래 사는 백살 된 느티나무가 아래 둥치째 들어왔다/ 느티나무가 그늘 수십 평과 까치집 세 채를 가지고 들어왔다/ 나뭇가지에 매달린 벌레와 새소리가 들어오고/ 잎사귀들이 사귀는 소리가 어머니 무릎 위에서 듣던 마른 귀지 소리를 내며 들어왔다"라는 시구가 그렇고, "하루 낮에는 노루가/ 이틀 저녁엔 연이어 멧돼지가 마당을 가로질러 갔다/ 겨울에는 토끼가 먹이를 구하러 내려와 방콩 같은 똥을 싸고 갈 것이다/ 풍년초 꽃이 하얗게 덮인 언덕의 과수원과 연못도 들어왔는데/ 연못에 담긴 연꽃과 구름과 해와 별들이 내 소유라는 생각에 뿌듯하였다"라는 시구가 그렇다. 또한, "미루나무 수십 그루가 줄지어 서 있는 금강으로 흘러가는 냇물과/ 냇물이 좌우로 거느린 논 수십만 마지기와/ 들판을 가로지르는 외산면 무량사로 가는 국도와/ 국도를 기어다니는 하루 수백 대의 자동차가 들어왔다/ 사방 푸른빛이 흘러내리는 월산과 청태산까지 나의 소유가 되었다"라는 시구가 그렇고, "마루에 올라서면 보령 땅에서 솟아오른 오서산 봉우리가 가물가물 보이는데/ 나중에 보령의 영주와 막걸리 마시며 소유권을 다투어볼 참이다/ 오서산을 내놓기 싫으면 딸이라도 내놓으라고 협박할 생각이다/ 그것도 안 들어주면 하늘에 울타리를 쳐서/ 보령 쪽으로 흘러가는 구름과 해와 달과 별과 은하수를 멈추게 할 것이다// 공시가격 구백만원짜리 기울어가는 시골 흙집 담장을 허물고 나서/ 나는 큰 고을 영주가 되었다"라는 시구가 그렇다.

죽기를 각오하면 살고, 살기를 각오하면 죽는다. '버림의 미학'은 '사즉생의 미학'이며, 자기 자신을 버림으로서 새로운 인간의 탄생을 주재하게 된다. 나를 버리면 탐욕이 없어지고, 탐욕이 없어지니까 충남 청양 땅과 충남 보령 땅의 영주가 될 수 있었던 것이다. 천하 자체가 내것이기 때문에, 고작 몇 백평, 또는 몇 십만 평의 사유재산 때문에 타인들과 다투고 이전투구를 벌일 이유가 없는 것이다. 공광규 시인의 「담장을 허물다」는 충남 청양 땅의 칠갑산, 또는 충남 보령 땅의 오서산처럼 아름다운 시이며, 그 호쾌함이 '버림의 미학'으로 승화된 시라고 하지 않을 수가 없다.

호쾌하다. 거침이 없다.

우리 한국인들의 아름답고 씩씩한 기상이 이 「담장을 허물다」처럼 자라나기를 바랄뿐이다.

문정희
거위

나는 더이상 기대할 게 없는 배우인 것 같다
분장만 능하고 연기는 그대로인 채
수렁으로 천천히 가라앉고 있다

오늘 텔레비전에 나온 나를 보고
왝왝 거위처럼 울 뻔했다

내 몸 곳곳에 억압처럼 꿰맨 자국
뱀 같은 욕망과 흉터가
무의식의 주름 사이로
싸구려 화장품처럼 떠밀리고 있었다

구멍 난 신발 속으로 스며들어오는
차갑고 더러운 물을 숨기며
시멘트 숲 속을 배회하고 있었다

나는 나에게 다 들켜버렸다

빈틈과 굴절 사이

순간순간 태어나는 고요하고 돌연한 보석은

사라진 지 오래

기교만 무성한 깃털로

상처만 과장하고 있었다

오직 황금알을 낳기 위해

녹슨 철사처럼 가는 다리로 뒤뚱거리는

나는 과식한 거위였다

— 『창작과비평』, 2016년 봄호에서

인간은 자기 자신의 작품이며, 그 예술성에는 무한대의 책임을 지지 않으면 안 된다. 있어야 할 것은 있어야 하고, 있지 말아야 할 것은 있지 말아야 한다. 아름다움은 군더더기가 하나도 없는 것이며, 모든 대가들의 작품(생애)이 그것을 말해준다. 모두가 주목하는 화려한 등장보다는 모두가 다같이 기립박수를 치는 퇴장이 더욱더 소중하다. 떠날 때는 말없이 떠나가야 하고, 죽을 때는 모두가 다같이 안타깝고 슬퍼할 때 죽는 것이 좋다.

모든 미덕과 지식과, 그 모든 재산들을 다 사회에다가 환원하고, 너무나도 즐겁고 기쁜 마음으로 우주여행을 시작하는 것이다.

죽음은 우주여행이며, 새로운 삶의 시작인 것이다.

자, 우리 모두 다같이 아름답고 멋진 우주여행을 떠나가는 것이다.

젊음은 아름답지만 늙음은 추하다. 젊은이는 꿈을 꾸고, 늙은이는 욕심을 부린다. 젊은이는 그 앞날이 구만리 창천같기 때문에 꿈을 꾸게 되지만, 늙은이는 죽음에 대한 공포 때문에 이 세상의 삶에 대한 집착을 하게 된다. 살아야 할 때와 죽어야 할 때를 분간하지 못하고, 이미 사망선고를 받아놓고도 황금알을 낳는 거위처럼 탐욕을 부리게 된다.

인간은 거짓과 오류 위에 기초해 있고, 이 거짓과 오류를 깨닫고 그것을 고쳐나갈 때 그는 새로운 인간으로 태어나게 된다. 나는 누구인가, 나의 목표는 무엇이며, 나는 왜 그 목표를 추구하고 있는가를 항상 되물으며, 이 반성과 성찰 속에서 자기 자신을 찾고 새로운 미래의 삶을 설계하지 않으면 안 된다.

거짓과 오류는 사교와 허영의 산물이다. 사교의 장은 자기 자신을 숨겨야만 하는 가면무도회이며, 이 사교의 중독성은 자기 자신을 진짜로 찾지 못하고 그 가면을 진짜의 모습으로 착각을 하게 되는 것이다.

탐욕은 거짓과 오류의 존재 근거이고, 거짓과 오류는 사교의 존재 근거이다.

문정희 시인의 「거위」는 요즈음 좀처럼 보기 드문 존재론적 성찰을 담고 있는 시이며, 이미 그 역할이 다 끝난 퇴물배우의 고민을 담고 있는 시라고 할 수가 있다. 더 이상 기대할 것이 없는 배우, 분장만 능하고 연기는 그대로인 배우, "오직 황금알을 낳기 위해/ 녹슨 철사처럼 가는 다리로 뒤뚱거리는" "과식한 거위—."

　인간이 황금을 삼켰지만, 황금이 인간을 삼켜버린 것이다. 산다는 것이 치욕이고 구토이며, 나를 지탱해주던 시계바늘이 헐떡거린다.

　반성과 성찰은 아름답다.

　우리는 어떻게 이 늙음의 재앙, 즉 '고령화의 재앙'을 퇴치해야 한단 말인가?

　UN은 하루바삐 인간수명제—인생 70—를 실시하여, 모든 늙음과 추함을 발본색원하지 않으면 안 된다.

　늙음은 죄를 짓는 것이며, 모든 젊은이와 이 자연에다가 씻을 수 없는 상처를 남겨주는 것이다.

　아는 것은 실천하는 것이고, 실천하는 것은 아는 것이다.

박이화

한바탕 당신

당신이라는 말 속에는
풍선껌 향기가 난다

사각사각 종이 관을 벗기자
얇고 반짝이는 은박지에 싸여있는 당신,
그 희고 매끈한 몸이
곧 구겨질 은박지 속에서
꿈꾸듯 긴 잠에 빠져있는 듯하다

이미 4만 년 전부터
죽은 이의 가슴에 국화꽃 다발을 얹었다는데
그 노오란 꽃가루보다 더 향기로운
포도 맛 당신, 딸기 맛 당신, 복숭아 맛 당신이
마침내 내 혀와 침 사이에서
한없이 부드럽고 달콤해진다

씹으면 씹을수록 곱씹히는 당신
하루가 백년 같고 백년이 하루 같은

그 질겅질겅한 그리움 속에는
터질 듯 환하게 부풀다 꺼지는
한바탕 알싸한 슬픔이 있다
— 『애지』, 2016년 여름호에서

아름다움은 완전함의 세계가 되고, 완전함의 세계는
이상세계가 된다. 아름다움은 모든 진리와 미학의 가치
기준표가 되고, 이 가치기준표는 이 세상의 삶의 본능을
옹호하는 찬가가 된다. 아름다움의 세계는 어느 것 하나
부족한 것도 없고, 선과 악, 진리와 허위, 음과 양, 적과
동지 등의 이분법적인 대립을 지니고 있으면서도 그 조
화를 이루고 있는 세계라고 하지 않을 수가 없다.

아름다움의 세계는 사회주의자들이 말하는 역사 발전
의 세계도 아니고, 아름다움의 세계는 예술을 위한 예
술, 즉 순수예술의 세계도 아니다. 아름다움의 세계는
인간의 역사와 순수예술의 세계를 초월해 있으며, 이 세
상의 삶을 찬양하고 옹호하는 그 모든 사람들이 도달할
수 있는 세계이다. 아름다움의 세계는 시간도 영원하고
공간도 무한하다.

하지만, 그러나 아름다움은 영원하기 때문에 존재하지 않고, 아름다움은 무한하기 때문에 존재하지 않는다. 아름다움은 다만, 환영이고, 환상이며, 이 아름다움으로부터는 박이화 시인의 「한바탕 당신」처럼 "풍선껌 향기"가 난다. "이미 4만 년 전부터/ 죽은 이의 가슴에 국화꽃 다발을 얹었다는데/ 그 노오란 꽃가루보다 더 향기로운/ 포도 맛 당신, 딸기 맛 당신, 복숭아 맛 당신"과도 같은 그 중독성을 띠게 된다. 아름다움은 당신을 더욱더 미남으로 만들어 주고, 아름다움은 당신을 더욱더 이상적인 남자로 만들어 준다. "씹으면 씹을수록 곱씹히는 당신/ 하루가 백년 같고 백년이 하루 같은" 당신—.

하지만, 그러나 이제는 손에 손을 잡고 키스를 하고 아이를 낳으면서도 그 아름다운 당신은 흔적도 없이 사라지고, 마치 씹다 버린 풍선껌처럼, 더럽고 추한 모습만이 남게 된다. 이때에 '한바탕'은 전혀 예기치 못한 일들, 즉, 한바탕 잔치가 끝난 뒤의 그 어수선한 살풍경을 지시하는 말에 지나지 않게 된다. 사랑하는 당신에서 단물이 다 빠진 당신이 되고, 단물이 다 빠진 당신에서 "한바탕 알싸한 슬픔"이 남아 있는 당신이 된다.

아름다움의 역사는 풍선껌과도 같은 역사이며, 이 풍선껌과도 같은 역사가 우리 인간들의 존재의 역사이기도 한 것이다.

김성애
유리족의 하루

유리를 통과한 빛이 엎드려 있다

시간이 옮겨 앉은 그림자 곁에서 납작해진 그를 본다
그림자가 발자국을 찍을 때마다
바람은 유리창에 지문을 남긴다

바람의 지문 뒤에 정물로 놓인 책상과 의자와
그 정물에 화석처럼 붙어있는 사내,
평면이다
그림이 되지 못한 그림자,
평면으로 일렁인다

전화벨 소리에 고인 공기가 출렁이고
컴퓨터에서 보고서로 보고서에서 계산기로
그림자를 옮기는 사내

과장된 목소리에서 식솔들이 딸려 나온다

그림자는 유목의 습성이 말라버린 자국일까
떠도는 바람의 종아리 주저앉힌,
파놉티콘의 눈이
사내를 종일 따라간다

투명 속에 감춰진 얼룩이나 우연이 피워낸 두께가
유리족으로 일생을 사느라 납작해진
그가 남긴 유일한 자취다

곡면 벽을 더듬거나
책상에 오르던 하루를 어둠으로 덮고
그가 유리문을 뚫고 사라진다

— 김성애 외, 『유리족의 하루』(애지문학회 편)에서

📖

파놉티콘이란 1791년 영국의 제레미 밴담이 제안한 개념으로 학교, 공장, 군대, 병원, 감옥 등에서 한 사람에 의한 감시체계를 뜻하고, 따라서 오늘날은 미셸 푸코의 말대로, 컴퓨터에 의한 데이터 베이스가 축적되어, 대부분의 모든 사람들이 전면적으로 관리되며 감시를 당하게 된다. 좁은 의미에서 감시하는 자는 자본가와 권력자가 되고, 대부분의 피지배 계급은 감시를 당하게 된다. 하지만, 그러나 넓은 의미에서 바라보면 감시하는 자 조차도 감시를 당하며, 자본주의 체제의 전면적인 관리와 감시망으로부터 빠져나갈 수가 없게 된다. 요컨대 사회 자체가 거대한 감옥이며, 어느 누구도 이 원형감시체계를 빠져 나갈 수가 없게 된 것이다.

이제 자본은 전지전능한 신이 되었고, 모든 불가능성을 가능성으로 현실화시킨 신이 되었다. 인간과 돼지와 결합시켜 돼지인간을 탄생시키기도 했고, 유전자를 조작하여 더욱더 영양가가 풍부한 농산물들을 대량생산해 내기도 했다. 로버트와 무인자동차와도 같은 기계인간을 통하여 그처럼 어렵고 힘든 일마저도 단번에 해치우기도 했고, 빛보다 더 빠른 속도로 중성자에게 충격을 가하여 인공태양발전소를 가동시키기도 했다.

돈은 세계의 눈이며, 돈은 세계적인 사상가이다. 돈은 천하장사이며, 돈은 절세의 미녀이다. 돈은 생산의 여신이며, 돈은 음악의 여신이다. 어느 누구도 이 돈의 감시체계를 벗어날 수가 없으며, 따라서 우리 인간들은 "컴퓨터에서 보고서로 보고서에서 계산기로/ 그림자를 옮기는 사내"처럼 '유리족의 가족'이 되어가지 않으면 안 된다. 돈은 실시간대로 동서양을 넘나들며 우주적인 멋진 숨쉬기를 해도 되지만, 우리 인간들은 마치 화폐처럼 납작하게 짓눌린 유리족의 삶을 살아가지 않으면 안 된다.

파놉티콘이란 실존의 덫이며, 우리 인간들의 존재의 근거는 무가 된다. 이제는 자본가들 역시도 돈의 전면적인 관리와 감시체계 속에서, 미다스왕의 후예처럼 그 비참한 일생을 마치지 않으면 안 된다.

스타트 업, 푸드트럭, 힐링캠프, 레시피, 태스크포스,

롤모델, 모라토리움, 디폴트 등, 영어의 홍수 속에서 우리 한국어는 더욱더 그 영향력을 잃어가고 있고, 또한 우리 한국인들은 더욱더 영원한 노예민족이 되어가고 있다. 앞으로도 노예, 뒤로도 노예, 위로도 노예, 아래로도 노예―. 출구도 없고, 탈출구도 없다. 왜냐하면 이제는 우리 한국인들이 스스로 자발적으로 이민족의 노예가 되어가고 있기 때문이다. 유태인들은 인간의 사회에서는 버림을 받았지만, 신의 사회에서는 선택을 받았다. 그 결과, 유태인들은 신의 은총에 의하여 전세계와 모든 인간들을 지배하게 되었다. 일본인들은 인간의 사회에서는 선택을 받았지만, 신의 사회에서는 버림을 받았다. 그 결과, 제2차 세계대전의 패배와 수많은 자연의 재앙에도 불구하고, 오늘날 그 악마의 도움으로 세계적인 강대국이 되었다. 대한민국은 인간의 사회에서도 버림을 받았는데, 왜냐하면 부정부패와 상호 배신을 최고의 미덕으로 삼았기 때문이다. 또한, 우리 한국인들은 신의 사회에서도 버림을 받았는데, 왜냐하면 농경민의 신인 단군의 목을 비틀고 유목인의 신인 예수를 섬겼기 때문이다. 인간의 영역에서의 버림받음과 신의 영역에서의 버림받음―, 즉, 이처럼 전면적인 버림받음은 너무나도 자연스러운 인과응보의 결과이며, 하늘이 내린 형벌일 수밖에 없는 것이다.

고귀하고 위대한 삶은 인간의 삶이 되고, 더럽고 추한 삶은 노예의 삶이 된다. 노예의 삶은 주권을 포기한 자의 삶이며, 자기가 자기의 얼굴에다가 침을 뱉아버리는 반생물학적인 사대주의자事大主義者의 삶이기도 한 것이다. 당나라에게 충성을 맹세했다가 당나라에게 버림을 받았고, 원나라에게 충성을 맹세했다가 원나라에게 버림을 받았다. 청나라에게 충성을 맹세했다가 청나라에게 버림을 받았고, 일본에게 충성을 맹세했다가 일본에게 버림을 받았다. 지난 수천 년 동안 사색당쟁과 동족상잔—서로가 서로를 물어뜯고, 피를 빨며, 사지를 찢어 죽이는 동족상잔—의 삶은 우리 한국인들의 사대주의가 우리 한국인들을 위해서 설치해 놓은 원형감시체계 속의 삶과도 같은 것이다.

철학을 공부하고, 고귀하고 위대한 민족의 삶을 따라가다 보면, 대한독립만세의 길은 그토록 가깝고 손쉬운 길일 수도 있지만, 예수와 주한미군을 민족의 수호신처럼 생각하는 기생충들이 너무나도 많은 것이다. 이 '사대주의'라는 기생충들을 박멸하지 않는 한 대한민국의 미래는 영원히 존재하지 않는다. 왜냐하면 이민족이란 영원한 강도집단에 불과하며, 언제, 어느 때나 배신의 칼날을 들이대며 전재산을 약탈해가는 오랑캐놈들에 지나지 않고 있기 때문이다.

오마바의 히로시마 방문은 2차 대전 원폭투하의 사죄와도 같은 것이며, 대일본제국의 정치, 외교, 경제, 군사적인 승리와도 같은 것이다. 예수님의 은총과도 같이 곧 주한미군이 주한일본군으로 바뀌게 되는지도 모른다. 모든 것이 기적이고 모든 것이 경이롭다.

오오, 우리 한국인들이여, 또다시 단군이래, 최대의 경사—최대의 국치—를 맞이할 준비가 되어 있으냐!

이 바보, 이 노예놈들아! 제발 정신 좀 차리거라!

김영수
우주여행

해마다 벼르기만 하던
사 남매 둥지
방문여행을 떠났다

화성에도 가보고
목성, 금성에도
멀리 토성에도 가보니
우리가 초록일 때 하던 모습
그대로 하면서
각자 작은 은하를 형성하며
빛을 발하고 있었다

화성, 목성, 금성, 토성 아직도 거느린
태양인 줄 알았는데
섬이 되어 있었구나

별똥별이었네

마음으로 보지 못하고
멀리서 눈으로만 바라봐 왔구나
품안 자식이라더니

사람은 가끔 외로워질 때
다시 태어나나 보다
별똥별도
언젠가는 산화되겠지

— 김영수 시집, 『꿈꾸는 詩』에서

셰익스피어의 『리어왕』에는 "아비가 누더기를 걸치면/ 자식은 모르는 척 하지만/ 아비가 돈 주머니를 차고 있으면/ 자식들은 모두 다 효자지"라는 대목이 나오고, 발자크의 『고리오 영감』에는 두 딸들에게 모든 돈을 다 털리고 "상류 사회는 결코 아름다운 것이 아니야"라고, 그의 두 딸들에게 아주 날카롭고 예리하게 독설을 퍼부어 대는 대목이 나온다. 이제는 돈 자체가 전지전능한 신이 되었고, 돈의 영광만이 푸른 하늘의 태양처럼 그 빛을 발하게 되었다. 돈 자체의 영광으로 수성, 금성, 지구, 화성, 목성, 토성, 천황성, 해왕성, 명왕성처럼 아들 딸들이 자전과 공전을 거듭하고 있는 것이다. 돈이 없으면 더 이상 훌륭한 부모가 될 수 없다.

김영수 시인의 『우주 여행』은 태양계의 행성을 통해서 부모와 자식들의 관계를 바라보고, 이제는 그 중력의 자장이 파기되었음을 아주 우울하고 쓸쓸하게 토로해놓고 있는 것이다. 시는 아름다운 서정시이고, 시적 정조는 단순하고 소박하면서도 우울하고 쓸쓸한 비정함이다. 시적 기법은 상징과 은유이며, 시적 성과는 세태풍자의 미학이다. "해마다 벼르기만 하던/ 사 남매 둥지/ 방문여행을 떠났"지만, "화성, 목성, 금성, 토성"을 거느린 태양이 아닌, 외로운 "별똥별"이 되었다는 허전함과 상실감뿐이었던 것이다. 그의 돈 주머니는 텅 비었고, 부자유친父子有親의 유교적 드라마는 시대착오적인 드라마에 지나지 않게 되었다.

나도 어느덧 회갑을 지나 진갑을 맞이하고 있는 60대 초반의 늙은이가 되었지만, "빨리 죽는 것은 애국하는 일이며, 모든 자식들을 다 효자로 만드는 것"이라는 나의 말에 더 강조점을 찍지 않을 수가 없다. 인간 수명이 60세 전후이면 수많은 복지비용을 줄일 수가 있으며, 모든 자식들을 다 효자로 만들고, '저출산-고령화의 문제'도 단번에 해결을 할 수가 있다. 나는 '장수만세시대'의 '반생물학적인 현상'에 전적으로 혐오감을 갖고 있으며, 하루바삐 UN에서 '인간수명제'를 선포해 주었으면한다. 남녀를 막론하고 인간 70세에 본인이 신청만 하면 존엄사를 아주 엄숙하고 경건하게 치루어 주고, 지구촌, 아니, 인간 사회를 더욱더 젊고 푸르게 가꾸어 주었으면 하는 것이다.

장수만세시대는 반자연적이고도 인간중심주의의 극치에 불과하고, 늙은 부모는 존경의 대상이 아닌, 아무도 거들떠 보고 싶지 않은 산송장에 지나지 않는다. 7~80세의 노인이 100세의 부모를 모신다는 것, 4~50대의 자식들이 그의 아버지와 할아버지를 모신다는 것은 전적으로 불가능한 일이고, 그 노인들의 복지비용 때문에 출산장려정책을 전혀 쓸 수가 없는 것이다. 산송장들이 수많은 젊은이들의 목을 비틀어 버리고, 그 젊은이들이 산송장들의 힘 앞에서 이렇다 할 힘도 써보지 못하고 도태되어 버린다. 이성중심사회에서 너무나도 반이성적인 일들이 자행되고 있는 것이고, 그 결과, 생태환경의 교란과 모든 자연이 파괴되어가고 있는 것이다.

"사람은 가끔 외로워질 때/ 다시 태어나나 보다"라는 시구는 이제는 조용히 소멸해가야 한다는 "별똥별"에 대한 자기 인식이며, 그 인식이 "별똥별도/ 언젠가는 산화되겠지"라는 조금쯤은 우울하고 쓸쓸한 시구를 낳게 되었던 것이다. 김영수 시인의 「우주 여행」은 대단히 상징적이고 은유적이며, 그 인식의 깊이가 돋보이는 시라고 하지 않을 수가 없다. 언젠가는 태양계도 그 역사의 종말을 맞이하게 될 것이고, 모든 별들도 별똥별이 되어 사라져가게 될 것이다. 자기 자신을 태양과 별똥별로 상징화시키고, 그의 아들 딸들을 화성, 목성, 금성, 토성으로 상징화시킨 것이 가족관계의 생성과 소멸의 극적인 구조로 완성을 보게 된 것이다.

자녀들의 방문여행이 「우주여행」이 되고, 이제는 태양이 사라지고, 수많은 별들 속에서 별똥별의 짧은 생애가 그 대미를 장식하게 되었다고 해도 지나친 말이 아니다.

「우주 여행」은 아름답다. 별똥별의 긴 꼬리가 더욱더 그 아름다움을 증폭시켜준다.

오오, 아름답고, 더욱더 아름다운 「우주여행」이여!!

장효종
단추구멍

떨어진 단추가 숨을 쉰다

이쪽 세상에서 저쪽 세상으로

바람이 마구 지나간다

— 김성애 외, 『유리족의 하루』(애지문학회 편)에서

단추란 옷고름이나 끈 대신 옷자락과 여미는 부분에 달아 구멍에 끼울 수 있는 물건을 말하지만, 이밖에도 의복의 예술적 감각을 위해서 장식용으로 사용하는 물건일 수도 있다. 단추에는 기둥단추도 있고, 구멍단추도 있으며, 일명 똑딱이 단추라는 스냅단추도 있다. 기둥단추란 단추 아래 부분에 고리 모양의 기둥이 달려 있는 것을 말하고, 잠금장치의 기능보다는 예술적 감각을 위해서 장식용으로 더 많이 사용되기도 한다. 금속 꽃 장식과 진주로 장식된 단추 등이 바로 그것을 말해준다. 구멍단추란 장식기능보다는 잠금장치 기능에 더 충실한 단추를 말하고, 이 구멍단추는 와이셔츠나 셔츠 등에 더 많이 쓰인다. 스냅단추, 일명 똑딱이 단추는 단추를 잠그고 풀때 똑딱 소리가 나고, 다른 단추보다는 그 사용이 매우 편리한 것이 그 장점이라고 할 수가 있다.

　인간은 옷을 입는 동물이며, 이 옷에 의해서 문화적인

인간이 되었다고 해도 과언이 아니다. 이 '옷의 문화의 핵심', 아니 그 보조적인 핵심은 옷의 아름다움에 의해서 잘 드러나고 있지는 않지만, 요컨대 이 단추라고 하지 않을 수가 없다. '첫단추를 잘 꿰어야 한다'는 말은 천하의 제일의 명언이 되었고, '단추 떨어진 옷'은 천하 제일의 꼴불견이 될 수밖에 없었던 것이다. 단추가 없으면 모든 옷은 그림 속의 떡이 되고, 단추가 없으면 모든 옷은 비 그친 뒤의 오색찬란한 무지개가 될 수밖에 없었던 것이다.

장효종 시인의 「단추」는 삶의 기둥이고, 삶의 숨구멍이며, 남과 여, 음과 양, 하늘과 땅, 대양과 대륙, 이승과 저승을 이어주는 삶의 가교와도 같다. 장효종 시인은 단추로 숨쉬고, 단추로 사색하며, 단추로 휴식을 취한다. 바람이 불고, 바람이 마구 지나간다. 삶이란 단추의 탄생과 그 운명과도 같다. 장효종 시인의 단추에 대한 사색은 아침에서 한낮으로, 한낮에서 저녁노을로 이어지는 사색이며, 궁극적으로는 천국으로 승천하는 사색이다. "이쪽 세상에서 저쪽 세상으로" "떨어진 단추가 숨을 쉰다."

떨어진 단추는 떨어진 단추로 숨을 쉬면서, 바람을 타고, 너풀너풀 바람을 타고, 한 마리의 호랑나비처럼 아름답게 날아간다.

  실용적인 단추가 예술적인 단추가 된 것이다.

김정원 나태주

이　명 엄재국

김점용 정재규

홍종빈 김지요

문태준 김대식

김정원
마네킹

유리 피라미드 안에서
밖을 하염없이 바라보는
고대 이집트 파라오,
말끔히 제모하고 신상품 옷 차려입고
붉게 염색한 가발 눌러쓰고
강요된 부활에 죽어서도 눈감지 못하는
왕의 주검은 플라스틱,
썩을 줄 모른다

자연은 부족함 없는 천국인데
그 좋은 곳으로 돌아가지 못하고
갑갑하고 밋밋한 매장에 갇혀
동물원의 원숭이처럼 구경거리가 된 감옥살이,
속없는 혼은 구천을 떠돈다

머리, 팔, 다리, 몸통을 따로따로 빼내

멀쩡한 전인을 병신으로 만드는

댓글과 토막글 퍼 나르기,

컴퓨터와 스마트폰에 떠돈다

아름답든 더럽든

잊힐 권리가 무참히 짓밟힌 채

개인 신상과 풍문이 떠돈다

죽어서도 흙으로 돌아가지 못하고

보이지 않는 피처럼 흘러

탯줄 없는 서늘한 기계에서 기계로

버젓이 세계를 떠돈다

내 사랑이여

안녕

나는 스마트폰을 꺼내

비틀거리는 검지로 가까스로 누른다

세상 떠난 지 꽤 오래 되었지만

지울 수 없어, 차마 지울 수 없어

그의 뜻도 묻지 않고 내 마음대로 간직해온

주인 잃은 전화번호도, 녹슨 사진도, 그리운 이름도
이젠

삭제하시겠습니까?

예

— 김성애 외, 『유리족의 하루』(애지문학회사화집)에서

삶과 죽음이란 둘이 아닌 하나이며, 그것은 천체의 운행과도 같은 것이다. 만일 죽음이 없고 삶만이 있다면, 이 지구촌은 자살을 최고의 미덕으로 간주하게 될 것이다. 또한 삶이 없고 죽음만이 있다면 이 지구촌은 그야말로 불모지대의 폐허로 변하게 될 것이다. 산다는 것과 죽는다는 것은 시소타기와도 같다. 삶이 무거우면 죽음이 올라가고 죽음이 무거우면 삶이 올라간다. 이 삶과 죽음 사이의 최종심급은 균형이며, 이 균형이 있기 때문에, 모든 만물의 역사는 끊임없이 진보를 하고 있는 것이다.

죽음은 산소와도 같고 이 세상의 숨구멍과도 같다. 하지만, 그러나 삶은 끊임없이 죽음의 목을 비틀며, 이 세상의 삶의 터전을 오염시킨다. 인간은 야수 중의 야수이며, 그의 오래 살고 싶은 욕망 때문에, 오늘날의 인류의 역사는 끊임없이 몰락과 쇠퇴를 거듭하고 있는 것인지도 모른다. 왕은 인간 중의 인간이며, 그 사회적 지위가 인신人神으로까지 올라간 자를 말한다. 황금왕관과 황금도포와 황금의자에 앉아서 천하를 호령했던 권력을 유지하고 싶어서 불로초를 찾아다녔고, 그 영생불사의 욕망이 극적으로 표출된 것이 "고대 이집트의 파라오"들이었던 것이다. 최초의 태어난 곳으로 돌아가 한줌의 흙이 되는 것이 자연의 순리이지만, 그러나 그 왕들은 그들의 특권으로 "유리 피라미드 안에서" 그 모든 인간들을 면종복배시키는 불사신이 되어갔던 것이다. 하지만, 그러나 미이라는 어디까지나 죽은 인간의 겉모습에 불과하며, 그는 오히려, 거꾸로 "동물원의 원숭이처럼 구경거리가 된 감옥살이"를 하고 있었던 것이다.

파라오, 파라오, 영원한 미이라로 구경거리가 된 파라오—. 김정원 시인의 「마네킹」의 1~2연은 그 파라오에 대한 음화를 노래한 것이라면, 3~4연은 그 파라오의 반대방향에서 죽을 수도 없는 인터넷 세상 속의 세태를 풍자한 것이라고 할 수가 있다. 오늘날 모든 인간들은 컴퓨터와 스마트폰에 사로잡혀 있고, 따라서 우리 인간들의 모든 정보들이 다 공개되어 있다고 하지 않을 수가 없다. 신상털기는 "머리, 팔, 다리, 몸통을 따로따로 빼내/멀쩡한 전인을 병신으로 만드는" 것과도 같고, 컴퓨터와 스마트폰에 의한 "댓글과 토막글 퍼 나르기"는 그 신상 털기의 주요한 수단이 된다. 때로는 애정어린 말도 있고, 때로는 혐오스러운 말도 있다. 때로는 친절한 말도 있고, 때로는 비아냥거림의 말도 있다. 하지만, 그러나 북경에서의 나비 한 마리의 날개짓이 뉴욕에서의 태풍을 불러 일으킬 수가 있듯이, 만일 그 어떠한 자그만 사건이라도 돌출하게 된다면, 그 어느 누구도 그것을 방어할 수 없는 여론재판이 시작하게 된다.

이제 컴퓨터와 스마트폰이 전지전능한 신이 되었고, 모든 인간들은 "죽어서도 흙으로 돌아가지 못하고/ 보이지 않는 피처럼 흘러/ 탯줄 없는 서늘한 기계에서 기계로/ 버젓이 세계를" 떠돌게 되었다. 좀 더 오래, 아니 영원히 살고 싶은 욕망이 미이라와 마네킹을 만들었고, 모든 인간들을 상품으로서, 구경거리로서 전락시키게 되었다. 김정원 시인은 이 욕망의 바다에서, 이 욕망을 혐오하면서, "내 사랑이여/ 안녕"하고, 그의 친지들을 떠나보내지만, 그러나 그 전송행위마저도 마네킹 사회의 인형극에 지나지 않게 된다.

나는 스마트폰을 꺼내/ 비틀거리는 검지로 가까스로 누른다/ 세상 떠난 지 꽤 오래 되었지만/ 지울 수 없어, 차마 지울 수 없어/ 그의 뜻도 묻지 않고 내 마음대로 간직해온/ 주인 잃은 전화번호도, 녹슨 사진도, 그리운 이름도/ 이젠// 삭제하시겠습니까?// 예

아아, 어느덧 이 세상은 영원히 삭제할 수 없는, 아니, 영원히 죽을 수도 없는 마네킹들의 사회가 되어버린 것인지도 모른다.

나태주

기도

죽는 날까지 이 마음이
변치 않게 하소서.
죽는 날까지 깨끗한 눈빛을
깨끗한 눈빛으로 바라보게 하소서.
사랑하는 사람을 지키는
작고 가난한 등불이게 하소서.
꺼지지 않게 하소서.

— 나태주 시집, 『사랑이여 조그만 사랑이여』에서

남북통일과 대한제국의 건설보다 더 쉬운 것도 없다. 우리 한국인들이 소크라테스, 플라톤, 데카르트, 칸트, 마르크스, 니체, 쇼펜하우어, 아인시타인보다도 더 뛰어난 세계적인 사상가들을 배출해내면 된다.

우리 대한민국의 주적主敵은 일본과 미국과 중국이 아니다.

아는 것은 정복하는 것이다. 우리 한국인들도 사상으로 세계를 지배할 수가 있는 것이다.

우리 한국인들이여, 반기문보다도 열배 혹은 백배나 더 뛰어난 반경환이 있다는 것을 아직도 이해하지 못하겠는가?

나는 "죽는 날까지" 이 최고급의 전사의 길을 포기할 수가 없다.

이명
벽암과 놀다

청량산 계곡은 도서관이다
푸른 이끼로 제본된 고서 한 권을 꺼내 읽는다
이끼들이 무성하게 자라나 촘촘한 표지에서
전단향 냄새가 난다
바위를 제목으로 게송偈頌을 서문으로
첫 장부터 알 수 없음으로 시작되는 목차를 뒤적인다
풍자와 독설을 본문으로 동문서답하는
곧추선 발끝마다 번뜩이는 푸른 이끼들의 화려한 군
무群舞
개나
소나
똥막대기나
뜰 앞의 잣나무나
문장은 짧고 단순하다
마음도 짐이 될 때 벗어던져라 이르시는

송고백칙松古百則 바위 속

묵직한 한 줄의 문장과 씨름하는 푸른 밤

몰두할수록

나는 가벼워진다

— 이명 시집, 『벽암과 놀다』에서

나는 이명 시인을 잘 모르고 그 이름조차도 들어본 적이 없다. 그런데 그가 보내준『벽암과 놀다』를 읽어보고 그가 제일급의 시인이자 대단히 아름답고 뛰어난 시를 쓰고 있다는 사실을 알게 되었다. 이명 시인은 경북 안동에서 태어났고, 2011년 《불교신문》 신춘문예에 「분천동 본가입납」이 당선되어 작품 활동을 시작했다. 시집으로는 『분천동 본가입납』, 『앵무새 학당』, 『벌레문법』이 있으며 2013년 '목포문학상'을 수상한 바가 있다. 『벽암과 놀다』는 이명 시인의 네 번째 시집이며, 그 짧은 문단 활동에 비하여, 대단히 왕성한 시작 활동을 하고 있는 셈인 것이다.

만일, 그렇다면 '벽암碧巖'이란 무엇이란 말인가? '벽암碧巖'이란 이끼가 낀 푸른 바위를 말하지만, 이 '벽암碧巖'이란 이끼가 낀 푸른 바위이면서도 동시에, 『벽암록碧巖錄』이라는 선불교의 최고의 경전을 뜻한다. 벽암은 바위이면서도 경전이고, 또한 이 벽암은 최고급의 지혜이면서도 그 놀이의 대상이기도 한 것이다. 장소는 경북 봉화의 청량산 계곡이고, 시인은 그 거대한 암벽들을 도서관으로 생각하며, "푸른 이끼로 제본된 고서 한 권을 꺼내 읽는다"고 그 상상력의 날개를 펼쳐나간다. "이끼들이 무성하게 자라나 촘촘한 표지에서는/ 전단향의 냄새가" 나고, "바위를 제목으로 계송偈頌을 서문으로/ 첫 장부터 알 수 없음으로 시작되는 목차를 뒤적"이게 된다. 『벽암록碧巖錄』은 중국 선종의 5가 중, 운문종의 제4조인 설두 중현(980~1052)이 1,700칙則의 공안 중에서 100칙을 골라서 그 하나 하나에 격조 높은 운율의 송을 단 것으로 시간과 공간을 초월하여 최고급의 지혜를 담은 선불교의 경전을 말한다. 우연의 쳇바퀴를 필연의 쳇바퀴로 돌리면서 모든 고통을 극복하고 행복한 삶을 향유하는 것, 즉, 이 최고급의 지혜로 만인들의 심금을 사로잡고 너무나도 분명하고 당연한 '극락의 세계'를 펼쳐보이고 있는 것이다. 『벽암록碧巖錄』은 부처님의 말씀이고, 청량산 계곡은 극락의 세계이다. '계송'이란 부처님의 공덕을 찬양하는 것을 말하지만, 그 앎의 수준이 짧고 비천한 인간에게는 그 찬양의 말조차도 전혀 알아 들을 수가 없는 것이다.

탐욕은 만악의 근원이고, 탐욕을 버리는 것만이 진정한 극락의 삶이라고 부처는 말한다. 하지만, 그러나 과연 욕망없이 어떻게 살고, 이 욕망과 탐욕을 규정하는 근거란 도대체 무엇이란 말인가? 과연 어떻게 하면 진정으로 고통을 극복하고 극락의 삶을 살 수가 있으며, 이 극락의 삶이 과연 가능하기나 한 것이란 말인가? 『벽암록碧巖錄』의 첫 장이 '알 수 없음'으로 시작되는 까닭이 바로 여기에 있는 것이며, "풍자와 독설을 본문으로 동문서답하는" 『벽암록碧巖錄』의 난해함이 바로 여기에 있는 것이다. 풍자는 꾸짖고, 독설은 주마가편의 채찍처럼 피를 맺히게 한다. 욕망이 탐욕을 부르고, 욕망이 탐욕에 걸려 넘어진다. 탐욕이 욕망에 깔려 죽고, 탐욕이 욕망의 멱살을 움켜쥐고 목을 비튼다. 탐욕과 욕망은 일란성 쌍생아이며, 도대체 그 모습을 분간할 수가 없다. 욕망(탐욕)은 삶의 욕망이고, 욕망은 죽음의 욕망이다. 이 욕망과 욕망의 싸움, 요컨대 '투쟁 속의 조화'가 우리 인간들의 삶이건만, 그러나 부처는, 모든 선사들은 이 욕망의 끈을 일도필살의 검법으로 자르라고 말한다.

풍자도 정언명령이고, 독설도 정언명령이다. 정언명

령이란 그 어떠한 말대답도 허용하지 않는 절대적인 명령을 뜻하고, 청량산 계곡, 아니 「벽암」은 그 풍자와 독설로 "푸른 이끼들의 화려한 군무群舞"를 수놓게 된다. 풍자와 독설은 "개나/ 소나/ 똥막대기나/ 뜰 앞의 잣나무나" 그 "문장은 짧고 단순하다." 모든 욕망(탐욕)을 다 버리고, "마음도 짐이 될 때는 벗어던져라." "송고백칙松古百則", 즉, 입술과 목구멍도 욕망의 통통에 지나지 않으니, '입술과 목구멍을 닫고 말하라'는 것이 모든 선사들의 가르침이기도 한 것이다. 참으로 부처와 모든 선사들의 말씀은 옳고, 그 "묵직한 한 줄의 문장과 씨름하는 푸른 밤"이면 나의 마음도, 몸도 더없이 가벼워지게 되는 것이다.

'욕망(탐욕)을 버리고, 모든 욕망을 다 버려라'라고 푸른 이끼가 낀 도서관에서 벽암과 놀아보지만, 그러나 하산하면 그뿐─, 그 벽암과 노는 것은 몽유도원도 속의 그것에 지나지 않는다.

이명 시인은 자유자재롭게 잠언과 경구를 쓸 수 있을 만큼 '지혜싸움의 전사'가 되었고, 이 전사의 힘으로 시의 경전을 써나가고 있는 것이다.

대기만성大器晩成이다. 부디 정진하고 또 정진하기를 바랄 뿐이다.

엄재국
강

아버지의 신발을 신고 거리를 나선다
골목아 좁아져라
집들아 작아져라
지나는 강아지야 내 말 들어라

아버지의 신발을 신고
세상을 걸어보려 한 적이 있다
신발에 작은 발을 쓰윽 넣고
거리를 나서면
뒷꿈치 남은 자리 그 좁고 어두운 공간이
내가 건너야 할 강이었다

세상의 강이
건너기 위해 흐르는 건 아니었지만
나는 내가 건너야 할 그 강에

띄울 배를 여태 만들고 있었다

세살바기 아들이
벗어놓은 구두를 신고 거리를 나선다
작은배 한 척 강기슭을
찌걱거리며 떠난다

물결이 배보다 한 발 먼저 닿는 강

— 엄재국 시집,『나비의 방』에서

엄재국 시인의 「강」의 아버지는 전지전능한 아버지이며, 모든 것을 제멋대로 처리할 수 있는 아버지이다. 아들에게 아버지는 숭배의 대상이면서도 적대적인 경쟁자이다. 따라서 "세살바기" 어린 아들은 "아버지의 신발을 신고 거리를" 나서게 된다. 어린 아들이 아버지의 신발을 신었다는 것은 첫 번째는 아버지를 숭배하기 때문이고, 두 번째는 그 아버지를 극복하고 싶었기 때문일 것이다. 아버지가 숭배의 대상일 때는 아버지의 권력과 위엄, 그리고 아버지의 도덕과 법과 질서에 절대적으로 복종을 하게 되지만, 아버지가 적대적인 경쟁자일 때는 그 아버지를 살해하고 자기 자신이 새로운 아버지로서 등극을 하고 싶다는 것이 된다. 요컨대 "골목아 좁아져라/ 집들아 작아져라/ 지나는 강아지야 내 말 들어라"라는 시구는 아버지를 살해하고 싶은 어린 아들의 외침이기도 한 것이다.

하지만, 그러나 어린 아들은 힘이 약하기 때문에 아버지의 도움이 필요하고, 아버지의 도움이 필요하기 때문에 아버지의 권력 앞에서 복종을 하지 않으면 안 된다. "아버지의 신발을 신고/ 세상을 걸어보려 한 적이 있다/ 신발에 작은 발을 쓰윽 넣고/ 거리를 나서면/ 뒷꿈치 남은 자리 그 좁고 어두운 공간이/ 내가 건너야 할 강이였다." 아버지의 신발은 크고, "뒷꿈치 남은 자리 그 좁고 어두운 공간"은 결코 채워지지도 않았다. 이때의 아버지는 육친의 아버지일 수도 있지만, 다른 한편, 이상적인 신으로서의 아버지일 수도 있다. 육친의 아버지는 어린 아들이 자라면 어느 정도 쉽게 극복할 수가 있지만, 이상적인 신으로서의 아버지는 영원히 극복할 수가 없게 된다. "세상의 강이/ 건너기 위해 흐르는 건 아니었지만/ 나는 내가 건너야 할 그 강에/ 띄울 배를 여태 만들고 있었다"라는 시구나, "세살바기 아들이/ 벗어놓은 구두를 신고 거리를 나선다/ 작은 배 한 척 강기슭을/ 찌걱거리며 떠난다"라는 시구를 생각해보면, 엄재국 시인의 아버지는 이상적인 신으로서의 아버지라고 하지 않을 수가 없다.

아버지는 전지전능한 아버지이며, 모든 것을 제멋대

로 처리할 수 있는 아버지이다. 존재하면서도 존재하지 않는 아버지, 존재하지 않으면서도 존재하는 아버지—. 모든 신은 아버지가 성화된 존재에 지나지 않으며, 이 아버지가 그 모습을 드러내면 그 모든 것은 허상이 되고, 이상적인 신으로서의 아버지는 그 흔적조차도 없게 된다. 실재는 없고 허상만 있다. 아니, 허상은 없고 실재만 있다. 이 존재론적 모순 속에 모든 신화와 종교가 자리를 잡고 있고, 우리 인간들은 이 모순투성이의 아버지를 믿으며, 그 존재론적 나약함을 참고 살아간다. 아버지는 존재한다, 그러니까 세살바기 아들은 아버지의 신발을 신고 그 아버지의 권위에 도전하게 된다. 아버지는 존재하지 않는다, 그러니까 아버지를 살해하고 아버지가 되었어도 오십대 후반의 나이에, "세살바기 아들이/ 벗어 놓은 구두를 신고 거리를" 나서게 된다. 아버지의 신발은 크고, 시인은 영원히 성장을 멈춘 세살바기 어린 아들에 지나지 않는다.

엄재국 시인의 「강」은 아버지를 살해하고 아버지가 되었어도 영원히 아버지가 될 수 없다는 그 좌절감과 절망감이 주조를 이루고 있다고 하지 않을 수가 없다. 따라서 그는 아버지를 더욱더 신비화시키게 되고, 그래도 그 아버지가 되고 싶다는 꿈을 포기할 수가 없어서, "세살바기 아들이/ 벗어놓은 구두를 신고서" "세상"이라는 강을 건너가고 있는 것이다. 그 어떠한 비바람도, 그 어떠한 절벽과 장애물마저도 다 돌파하고 바다로 흘러가고 싶은 강, 모든 강물을 다 받아들이고도 언제, 어느 때나 모자라거나 넘침이 없는 바다─. 강은 아들의 길이고, 바다는 아버지의 길이다. 요컨대, "세상의 강이/ 건너기 위해 흐르는 건 아니었지만/ 나는 내가 건너야 할 그 강에/ 띄울 배를 여태 만들고 있었다"라는 시구의 매우 간절하지만, 단호한 외침이 바로 이 지점에서 그 호소력을 발휘하고 있는 것이다.

아버지와 아들의 싸움에서 시간은 아들의 편이기는 하지만, 그러나 아들이 아버지를 반드시 이기게 되어 있는 것은 아니다. 부처, 예수, 모든 성인군자들은 영원한 '아들 살해'의 장본인들이며, 그 사회적 지위가 인신人神으로까지 수직 상승한 인물들이라고 할 수가 있다. 배를 띄우고 또 띄워도 영원히 건너지 못할 강도 있고, 영원히 도달할 수 없는 바다도 있다. 엄재국 시인의「강」은 아들의 용기가 그 힘을 잃고, 수십 년의 세월, 즉, 오십 대 후반까지 그 아버지를 살해하지 못한 좌절감과 절망감이 주조를 이루고 있다고 할 수가 있다. 그는 아버지의 신발의 틈을 조금도 채우지 못한 영원한 세살바기의 어린 아들에 지나지 않았던 것이다.

하지만, 그러나 그는 그 세살바기 어린 아들의 꿈으로 또다시 "작은 배 한 척"을 띄우고, 그 세월의 강을 건너가고 있는 것이다. 그러나 그는 결코 그 강을 건너 바다에 다다르지 못할 것이다. 그는 반드시 실패할 것이지만, 그러나 이 쓰디쓴 실패의 아픔이 그 어떤 성공보다도 더욱더 아름다운 성공의 역사를 기록하게 될 것이다. 그는 아버지로서는 실패를 했지만, 세살바기 아들로서는 성공을 했다. 아니, 그는 세살바기 아들로서는 실패를 했지만, 아버지로서는 성공을 했다. 「강」의 아름다움은 슬픔의 아름다움이고, 「강」의 슬픔은 아름다움의 슬픔이다. 이상적인 아버지, 즉, 전지전능한 신이 부재하는 것처럼, 모든 시는 실패의 성과물이자, 그 실패로서 완성된 예술작품이라고 할 수가 있는 것이다. 아버지는 존재하면서도 존재하지 않는다. 아버지와 아들 사이에는 강이 흐르고, 그 강은 영원히 건너지 못할 강이 된다. 시인은 위대하고, 또 위대하다. 그는 불가능과 싸우며, 그 불가능의 힘으로 아버지를 살해하고, 그 영원한 조국을 건설하게 된다. 시는 조국이며, 시인은 영원한 종족 창시자이다.

아버지 살해는 모든 고급문화를 움직여 가는 근본적인 힘이다. 모든 고급문화는 아버지 살해의 역사적 성과이며, 그 결과, 영국은 200여 명의 노벨상 수상자를 배출해낸 바가 있다. 대한민국은 아들 살해의 역사만이 있는 나라이며, 그 결과, 단 한 명의 노벨상 수상자—김대중 전 대통령은 제외하고—도 배출해내지 못했다.

오오, 우리 한국의 어린 아들들이여, 공부를 하고, 또 공부를 하라!

아버지를 살해할 수 있는 최고급의 비법은 오직 너희들의 지혜에 있기 때문이다.

오오, 한국의 어린 아들들이여!

단 한 번뿐인 삶, 언제, 어느 때나 네 목숨을 걸고 너무나도 당당하고 의연하게 네 자신만의 길을 가라!

네 목숨에는 인류 전체의 영광이 들어 있고, 이 영광의 빛으로 태양은 영원히 타오르게 될 것이다.

김점용

자폐아 4

— 꿈 40

　우인이를 데리고 어떤 도시의 공설 운동장에 간다 운
동장 앞은 바다다 우인이는 바다로 가고 싶어한다 운동
장 스탠드가 산중턱 이어서 넘어가니 바다는 온데간데
없고 절벽 아래 황무지만 까마득히 펼쳐져 있다 우인이
의 손을 잡고 한참을 그렇게 서성거린다

　네 눈 속엔
　한 채의 슬픔이 있다
　갈 수 없는 바다가 있다

　흐르는 것들 때문에 우린 불행하지
　냇물아 흘러흘러 어디로 가니
　강물아 흘러흘러 어디로 가니
　바다는 바다가 아니야

해는 지고

바람은 불고

마음은 출렁이는데

― 김점용 시집,『오늘 밤 잠들 곳이 마땅찮다』에서

어떤 시는 쉬운 시일 수도 있고, 어떤 시는 난해한 시일 수도 있으며, 또 어떤 시는 이해가 불가능한 시일 수도 있다. 쉬운 시는 더 이상의 설명이 필요없을 정도로 모든 사람들의 마음을 사로잡는 시를 말하고, 대부분의 애송시들이 바로 여기에 속한다고 할 수가 있다. 난해한 시는 어느 정도 시를 보는 안목과 지적 수준이 없으면 이해하기가 매우 어려운 시를 말하고, 대부분의 비평가들이 최고급의 시로 상찬을 보내고 있는 시들이 바로 여기에 속한다고 할 수가 있다. 쉬운 시와 난해한 시는 시의 특성상 시의 존재론적 토대가 되지만, 그러나 이해 불가능한 시는 시를 독자로부터 소외시키고 시의 존재론적 토대를 위태롭게 한다고 하지 않을 수가 없다. 제아무리 초현실주의적인 경향의 시나 광기의 언어로 된 시, 또는 인간의 무의식을 묘사한 시라고 해도 그 시들을 쓰게 된 명료한 이성과 그 역사 철학적인 근거(시론)를 제시할 수가 없다면, 우리는 그것을 시라고 할 수가 없는 것이다. 이상과 김춘수와 김수영, 또는 엘뤼아르와 말라르메와 보들레르의 시들은 비록 난해한 시들이기는 하지만, 이해 불가능한 시들은 아니며, 우리는 그 시들을 불통의 시라고 하지는 않는다. 하지만, 그러나 요즈음 우리 젊은 시인들은 소통이 아닌 불통을 전제로 시를 쓰고 있으며, 그 이해 불가능한 시들이 수많은 독자들을 떠나가게 만들고, 우리 비평가들을 매우 당혹스럽게 만들고 있다고 하지 않을 수가 없다. 따지고 보면 우리 젊은 시인들의 시들이 현대 사회와의 불화의 소산일 수도 있고, 다른 한편, 사회로부터 고립된 자의 정신착란의 소산일 수도 있다. 그것은 어느 정도 일면의 타당성을 지닐 수도 있지만, 그러나 그 이해 불가능한 시들이 주조를 이루게 될 때, 시는 그 존재론적 토대를 상실하게 된다. 무의식의 언어와 광기의 언어는 언어가 아닌데, 왜냐하면 언어는 너무나도 분명한 의사소통의 도구에 지나지 않기 때문이다. 모든 시는 맑고 명료한 이성을 지닌 시인에 의하여 씌어지지 않으면 안 되고, 이 맑고 명료한 언어로 씌어진 시들만이 우리 한국인들과 우리 한국어의 영광에 기여할 수가 있는 것이다. 언어의 존재론적 토대는 의사소통이며, 따라서 이해 불가능한 광기의 언어를 사용하는 우리 젊은 시인들은 좀 더 분명하게 그 시들을 쓰게 된 역사 철학적인 근거(시론)를 제시하지 않으면 안 된다. 현대사회(자본주의 사회)와 우리 인간들에 대한 성찰과 비판—내용—이 없는 시는 말장난에 지나지 않으며, 역사 철학적인 지식(시론)이 없는 시는 눈 뜬 장님의 시—맹목적인 시—에 지나지 않는다.

김점용 시인의 「자폐아 4」의 우인이는 정신 및 행동 장애가 있는 어린이에 지나지 않지만, 그러나 이 「자폐아 4」를 쓴 시인은 정신 및 행동 장애가 있는 사람이 아니다. 자폐아란 정신 및 행동 장애가 있는 것을 말하고, 그 증상으로는 사회적 고립과 정신지체, 그리고 언어적 결함과 행동 장애로 나타난다고 한다. 사회적 고립이란 타인들과의 교류가 없는 것을 말하고, 정신지체란 자폐아들은 대부분이 지능지수가 70 이하로 떨어지고 있다는 것을 말한다. 언어적 결함이란 자폐아들의 절반 이상이 전혀 대화를 하지 못한다는 것을 말하고, 행동 장애란 그 행동이 맹목적이며, 때때로 아무런 이유도 없이 자해 행위를 한다는 것을 말한다. 자폐증이란 뇌의 장애로 인한 질병이며, 대부분이 정상적인 활동을 할 수가 없는 질병을 말한다. 「자폐아 4」의 언어는 이성의 언어와 광기의 언어가 혼재되어 있으며, 이성의 언어는 시적 화자의 명료한 의식을 드러내고, 광기의 언어는 '우인이의 의식'을 드러낸다. "우인이를 데리고 어떤 도시의 공설 운동장에 간다 운동장 앞은 바다다 우인이는 바다로 가고 싶어한다"라는 시구는 이성의 언어이며, 시적 화자는 우인이 소망에 따라서 "어떤 도시의 공설 운동장에" 갔던 것이다. 왜냐하면 그 공설운동장 앞이 바로 바다였기 때문이다. "운동장 스탠드가 산중턱이어서 넘어가니 바다는 온데간데 없고 절벽 아래 황무지만 까마득히 펼쳐져 있다"라는 시구는 광기의 언어이며, 이 시구는 "운동장 앞은 바다다"라는 앞의 시구와는 정면으로 충돌하게 된다. 왜냐하면 운동장 앞의 바다가 온데간데 없이 사라질 리도 없고, 우인이를 데리고 바다로 간다는 시적 화자가 까마득한 절벽 아래 황무지만 펼쳐져 있는 산중턱의 어떤 공설운동장으로 갈 리가 없기 때문이다. 왜, 어떻게 해서 시적 화자는 우인이를 데리고 어떤 도시의 공설운동장으로 갔던 것이고, 왜, 어떻게 돼서 공설운동장 앞의 바다는 온데간데 없어지고 까마득한 절벽 아래 황무지만 펼쳐져 있게 된 것일까? 첫 번째로는 공설운동장과 바다는 다같이 넓기 때문일 것이고, 두 번째로는 애초부터 바다는 없었으며, 공설운동장이 바다가 되고, 바다가 까마득한 절벽 아래의 황무지가 되는 우인이의 의식의 흐름을 광기의 언어로 적어보았기 때문일 것이다. 자폐아인 우인이는 바다로 가고 싶어하고, 우인이를 바다로 데려갈 수 없는 시적 화자는 그를 어떤 도시의 공설운동장으로 데려간다. 공설운동장은 바다처럼 넓고, 애간장이 타들어가던 시적 화자와 우인이의 속마음과 그 답답함이 확 풀린다. 하지만, 그러나 그것은 어디까지나 시적 화자의 마음 속의 생각일 뿐, 공설운동장은 바다가 아니고, 그 우인이의 광기의 언어처럼 까마득한 절벽 아래 황무지만이 펼쳐져 있는 것이다. 까마득한 절벽은 사회적 고립과 행동 장애를 나타내고, 드넓은 황무지는 우인이의 자폐증이 거의 완치될 수가 없다는 것을 뜻한다. 바다는 드넓은 바다, 즉 미래의 희망을 뜻하고, 절벽은 사회적 고립과 행동 장애를 뜻하며, 황무지는 그 어떠한 희망도 자라날 수 없는 불모지대를 나타내게 된다.

자폐아인 우인이 앞에는 그가 가고 싶어 하는 바다도 없고, 더군다나 그 바다로 갈 수 있는 길마저도 없다. 오직 까마득한 절벽과 드넓은 황무지만이 있을 뿐이고, 그

래서 "네 눈 속엔/ 한 채의 슬픔이 있다/ 갈 수 없는 바다가 있다"라는 시구가 그 크나큰 울림을 얻게 되는 것이다. 이때의 울림이란 이성의 언어와 광기의 언어의 혼재, 즉, 그 시적 난해성의 껍질이 벗겨진 울림이며, 이 「자폐아 4」를 제대로 이해한 독자의 살을 파고드는 울림이라고 할 수가 있다. "네 눈 속엔/ 한 채의 슬픔이 있다/ 갈 수 없는 바다가 있다"라는 절규 속에는 얼마만한 슬픔이 들어 있는 것이며, 또한 "흐르는 것들 때문에 우린 불행하지/ 냇물아 흘러흘러 어디로 가니/ 강물아 흘러흘러 어디로 가니/ 바다는 바다가 아니야"라는 절규 속에는 얼마만한 슬픔이 들어 있는 것이란 말인가? 슬픔은 절망의 산물이며, 절망은 슬픔의 산물이다. 모든 희망이 끊어지고 그 어떤 행복도 찾아오지 않을 때 우리는 슬퍼하게 되고, 하염없이 그 눈물을 흘리게 된다. 자폐아의 보호자인 시적 화자는 운다. 시적 화자는 울고 또 운다. 그 울음(눈물)이 냇물이 되고 강물이 되지만, 그러나 그 눈물이 도달한 곳은 바다가 아니다. 모든 냇물과 강물을 다 받아들이고도 넘치거나 모자람이 없는 바다, 모든 생명들을 다 먹여 살리고도 언제, 어느 때나 넉넉하고 평화로운 바다, 모든 절망과 불행 앞에서도 결코 그 꿈을 포기하지 않는 오딧세우스와도 같은 사내의 항해를 허락해주던 바다, 자유와 사랑과 평화와 행복의 상징인 바다는 그러나 자폐아인 우인이 앞에서는 그 모습을 결코 드러내지 않는다. 요컨대 바다는 다만, 언어이고, 허상이며, 그 실체가 없는 껍데기에 지나지 않는다.

눈물이 냇물이 되고, 눈물이 강물이 되어도 우인이의 바다는 없다.

해는 지고
바람은 불고
마음은 출렁이는데

이 세상은 자폐아인 우인이가 살아갈 만한 곳이 아니고, 우인의 꿈은 결코 이루어지지도 않는다.

정재규
비의 사랑법

비가 사랑을 한다
나는 새의 깃털 속에도
먼지 얼룩진 나뭇잎에도
우산을 들고 오가는 소녀의 얼굴에도
사랑을 퍼붓는다
부드러운 숨소리

비가 사랑을 한다.
햇빛을 그리워하는 사람들을 향해
가물어 가슴 졸인 농부들을 향해
더욱 줄기차게 사랑을 퍼 붓는다
웃음 되는 빗물
눈물 되는 가뭄

비가 온다고 투덜거리는 자에게

분위기에 젖어 창밖을 바라보는 자에게도

똑같이 사랑을 알려준다

사랑을 듬뿍 담아준다

비, 비, 비의 사랑을

― 정재규 시집, 『나비는 장다리꽃을 알지 못한다』에서

사랑이란 무엇일까? 사랑이란 어떤 사람을 열렬히 좋아하는 마음일 수도 있고, 사랑이란 어떤 대상—국가, 민족, 동물, 식물 등—을 매우 좋아하는 마음일 수도 있다. 하지만, 그러나 사랑이란 삶의 근본적인 에너지이며, 우리 인간들은 사랑이 없으면 잠시도 살아갈 수 없는 그런 동물에 지나지 않는다.

　음과 양의 조화에 의하여 만물이 탄생하고, 아버지와 어머니의 사랑에 의하여 아들이 태어난다. 낮과 밤의 사랑에 의하여 만물이 자라나고, 선과 악의 사랑에 의하여 도덕이 자라난다. 사랑에 의해서 태어나고 사랑에 의해서 살아가며, 사랑에 의해서 죽어간다. 모든 질투와 증오와 중상모략과 싸움과 전쟁마저도 사랑을 얻기 위한 방법적 수단에 지나지 않는데, 왜냐하면 사랑은 영원한 생명의 에너지이기 때문이다.

　우리는 늘 사랑에 목 마르고, 우리는 늘 사랑 때문에

배가 고프다. 아버지와 어머니가 살아가는 것도 사랑의 힘이고, 나와 아내가 살아가는 것도 사랑의 힘이다. 스승과 제자가 살아가는 것도 사랑의 힘이고, 친구와 친구가 살아가는 것도 사랑의 힘이다. 이교도와 이교도가 살아가는 것도 사랑의 힘이고, 원수와 원수가 살아가는것도 사랑의 힘이다. 모든 학문은 사랑의 기술(이론)을 획득하기 위한 것이며, 모든 도덕은 사랑을 실천하기 위한 도덕에 지나지 않는다. 사랑의 기술은 이론철학이 되고, 사랑의 실천은 도덕철학이 된다. 학문 중의 학문인 철학은 이처럼 이론철학과 도덕철학으로 되어 있다고 하지 않을 수가 없다.

사랑을 하지 못해도 병이 나고, 사랑을 받지 못해도 병이 난다. 상사병相思病은 삶에의 의지가 꺾여버리는 질병이며, 그 어떤 암적인 종양도 이 상사병처럼 무서운 것은 아니다. 상사병 때문에 장미전쟁이나 트로이전쟁이 일어났던 것이고, 또한 상사병 때문에 제1차 세계대전과 제2차 세계대전은 물론, 히로시마와 나가사키에 원자폭탄을 투하시키게 되었던 것이다. 민족주의와 제국주의, 또는 공산주의와 세계시민주의 등, 모든 사상과 이념들마저도 이 상사병이 변형된 것에 지나지 않는다. 사랑을 하거나 사랑을 받지 못하면 그는 소외되고, 이 소외된 인간이 최후의 발악과도 같은 모든 비극적인 사건들을 다 연출해내게 된다.

'나는 로마시민이다, 나는 런던시민이다. 나는 파리시민이다, 나는 대전시민이다'라고 할 때, 그는 그가 소속된 사회에서 사랑을 주고 받으며 살아간다는 것이 되고, '나는 공무원이다, 나는 농부이다, 나는 시인이다, 나는 정치인이다'라고 할 때, 그는 그가 소속된 직장(단체)에서 사랑을 주고 받으며 살아간다는 것이 된다. 모든 이름, 모든 이념, 모든 도덕, 모든 상품, 모든 사상들은 사랑이 특화된 것들이며, 이처럼 사랑은 '천의 얼굴'을 지닌 마술사라고 할 수가 있다. 사랑을 한다는 것은 씨앗을 뿌린다는 것이며, 사랑을 받는다는 것은 그 씨앗을 받아들인다는 것이다. 사랑으로 씨 뿌리고, 사랑으로 밥을 먹는다. 사랑으로 싸우고, 사랑으로 웃는다. 사랑으로 참고 견디며 그 모든 것을 다 끌어안는다.

물은 생명의 근원이며, 물이 없으면 그 어떤 생명체도 살아가지 못한다. 탈레스는 물을 에너지(불)라고 이해하지 못한 수성론자水性論者이긴 하지만, 그러나 그 오류마저도 정재규 시인의 「비의 사랑법」이 다 끌어 안아준다.

비가 사랑을 한다
나는 새의 깃털 속에도
먼지 얼룩진 나뭇잎에도
우산을 들고 오가는 소녀의 얼굴에도
사랑을 퍼붓는다

비의 사랑 앞에서는 만인이 평등하고, 비의 공화국은 민주주의 공화국이다. 햇빛을 그리워하는 사람에게도, 가물어 가슴을 졸이는 농부에게도, 비가 온다고 투덜거리는 사람에게도, 분위기에 젖어 창밖을 바라보는 사람에게도 똑같이 사랑을 알려준다. 사랑을 듬뿍 담아준다.

사랑은 아낌없이 주는 것이고, 사랑은 아낌없이 받는 것이다. 사랑은 밥이고 도덕이다. 사랑은 철학이고 종교이다. 사랑은 돈이고 성이다. 사랑만이 성스럽고, 모든 문명과 문화는 사랑의 꽃이다.

사랑은 물이고, 불이고, 공기이고, 대지이다. 사랑은 물, 불, 공기, 대지, 즉 이 4원소四元素의 모태이고, 모든 위대함의 근원이기도 한 것이다.

나는 정재규 시인의 「비의 사랑법」을 통하여, 이 '사랑의 철학'을 깨닫게 되었다.

사랑으로 비가 내리고, 사랑으로 시의 새싹이 움튼다.

사드. 순식간에 수조원이 날아가고 미국, 일본, 중국, 러시아의 손짓과 발짓에 따라서 서로가 서로를 피투성이가 된 채로 물어뜯는다. 사드는 부정부패의 댓가이며, 대한민국 멸망의 신호탄이 될 것이다. 부패한 국가는 반드시 멸망한다. 외세를 물리치지 못하고.

박근혜는 지난 번 방미 때, 오바마 대통령으로부터 어떠한 협박을 받았던 것일까? 종군 위안부 문제와 일본의 평화헌법수정, 그리고 한반도 사드 배치의 타결은 지난 대통령 선거의 부정과 세월호 참사와 조희팔 사건 등의 문제—미국 대통령의 말 한 마디에 대통력직을 하야 해야 될지도 모르는 부정부패문제—때문에 그 어떠한 항변도 해보지 못한 타결에 지나지 않았던 것이다.

로마의 캐샤르에게 붙어먹었다가 안토니우스에게 붙어먹었다가 이집트 왕국을 말아먹은 여왕이 있었다. 그 이름도 거룩한 클레오파트라. 그대는 괴물이자 악마였던 것이다. 아아, 또 하나의 왕국이 비명횡사하는구나!

시진핑에게 붙어먹었다가, 오바마에게 붙어먹었다가,

요부같은.

홍종빈
꿈의 비단길

이제야 조금은 알 것 같다
내게 허락된 시간이 겨우 몇 뼘 남지 않은
저물녘에서야 조금은 알 것 같다

세상의 모든 길은 내 마음을 거쳐가고 있다는 것을
그 길에 피고 지는 것이 장미꽃만이 아니라는 것을
그 길을 적시고 가는 것이 단비만이 아니라는 것을
그 길을 훑고 가는 것이 봄바람만이 아니라는 것을
그 길섶에 우는 것이 뻐꾸기뿐만이 아니라는 것을
그 길은 돌고 돌아 다시 원점에 가 닿는다는 것을

일생을 두고 한결같이
그토록 애타게 찾아 헤맸던 꿈의 비단길이
내가 나날이 허둥거리며
허투루 밟고 지나온 그 길임을

땅거미가 내릴 때서야 조금은 알 것 같다

그나마 완전히 어두워지기 전에

— 홍종빈 시집, 『꿈의 비단길』에서

아름다운 삶이란 무엇이고, 아름다운 죽음이란 무엇일까? 아름다운 삶이란 군더더기가 하나도 없는 삶을 말하고, 아름다운 죽음이란 더 이상의 어떠한 미련도 없는 삶을 말한다. 행복이란 후회가 없는 삶을 말하고, 삶 자체가 예술품이 된 것을 말한다. 아름다운 삶과 아름다운 죽음은 행복한 인간의 인생역정을 말하며, 그 어느 누구도 이의를 제기하지 못하고 저절로 고개를 숙이며 경의를 표하게 되는 삶을 말한다.

태어남은 삶의 시작이고, 죽음은 삶의 완성이다. 어린아이가 두 손을 쥐고 태어나는 것은 그가 이루어야 할 꿈이 있기 때문이고, 우리의 노인들이 두 손을 펴고 죽어가는 것은 그의 전재산과 그 모든 지혜들을 다 주고 떠나가야 하기 때문이다. 어린 아이는 점차 자라면서 그 모든 부귀영화를 다 움켜쥐려고 '꿈의 비단길'을 찾아 다녀야 하지만, 그러나 죽음을 눈앞에 둔 노인은 "일생을 두고 한결같이/ 그토록 애타게 찾아 헤맸던 꿈의 비단길이/ 내가 나날이 허둥거리며/ 허투루 밟고 지나온 그 길임을" 깨닫게 된다. "세상의 모든 길은 내 마음을 거쳐 가고 있다는 것을/ 그 길에 피고 지는 것이 장미꽃만이 아니라는 것을/ 그 길을 적시고 가는 것이 단비만이 아니라는 것을/ 그 길을 훑고 가는 것이 봄바람만이 아니라는 것을/ 그 길섶에 우는 것이 뻐꾸기뿐만이 아니라는 것을/ 그 길은 돌고 돌아 다시 원점에 가 닿는다는 것을" 이라는 시구가 바로 그것을 말해준다.

대부분의 깨달음은 그 어떠한 출구도 없이 무지몽매함과 혼돈 속에 헤매다가, 마치 어떤 섬광처럼 순식간에 얻게 된다. 홍종빈 시인의 「꿈의 비단길」은 회한의 시간이 아니라, 희열의 시간이고, 이 희열은 깨달음의 기쁨이라고 할 수가 있다. 이름 모를 꽃은 장미가 되고, 여우비는 단비가 된다. 한겨울의 삭풍은 봄바람이 되고, 이름 모를 잡새는 뻐꾸기가 된다. 아름다운 삶과 행복한 삶이란 부귀영화 속에 있지 않고, 이처럼 내 마음 속의 깨달음에 있는 것이다. 귀천이 따로 있는 것도 아니고, 아름다움과 추함이 따로 있는 것도 아니다. 행복과 불행은 내가 마음 먹기에 달려 있는 것이며, 이 자그만 깨달음이 그토록 험하디 험한 가시밭길을 '꿈의 비단길'로 승화시켜주고 있는 것이다. 돌멩이 하나에도 신성神性이 있고, 풀 한 포기에도 신성이 있다. 무명 시인에게도 신성이 있고, 유명 시인에게도 신성이 있다. 이 세상에서 신성하지 않은 존재는 단 하나도 없으며, 인간이 인간의 역할을 어떻게 소화시키느냐에 따라서, 그의 '오점없는 명예'가 결정되게 되어 있는 것이다.

어린 아이는 미래의 인간이 되고, 노인은 과거의 인간이 된다. 어린 아이는 그의 꿈의 비단길을 찾아가야만 하고, 노인은 자기 자신의 마침표를 찍기 위하여 지난날의 삶을 되돌아 보아야만 한다. 노인은 '역사의 갈볕'을 따라 자기 자신으로 되돌아가 고독한 명상의 시간을 보내지 않으면 안 된다. 오자와 탈자를 바로잡는 명상의 시간, 잘못된 용어와 부적절한 용어를 바로잡는 명상의 시간, 거친 문장과 오문을 바로잡으며 유효적절한 형용사로 윤문을 더해가는 명상의 시간—. 바로 이 명상의 시간은 그의 인생 전체를 종합적으로 바라보며, 그 모든 세밀한 부분까지도 하나 하나 마무리할 수 있는 시간이기도 한 것이다. 노인의 꿈이 노인의 족적대로 살아 움직이고, 노인의 절망이 노인의 족적대로 살아 움직인다. 노인의 기쁨이 활짝 꽃 피고, 노인의 슬픔이 더없이 삭혀져 가라앉는다. 아름다운 시간이고 행복한 시간이며, 이 세상의 삶이 서산의 노을처럼 피어오른다.

　우리는 모두가 다같이 그 꿈을 이룩하지는 못했지만, 그 이룰 수 없었던 꿈이 있었기 때문에 행복했던 것이다.

　　이제야 조금은 알 것 같다
　　내게 허락된 시간이 겨우 몇 뼘 남지 않은
　　저물녘에서야 조금은 알 것 같다

　　세상의 모든 길은 내 마음을 거쳐가고 있다는 것을
　　그 길에 피고 지는 것이 장미꽃만이 아니라는 것을
　　그 길을 적시고 가는 것이 단비만이 아니라는 것을
　　그 길을 훑고 가는 것이 봄바람만이 아니라는 것을
　　그 길섶에 우는 것이 뻐꾸기뿐만이 아니라는 것을
　　그 길은 돌고 돌아 다시 원점에 가 닿는다는 것을

　　일생을 두고 한결같이
　　그토록 애타게 찾아 헤맸던 꿈의 비단길이
　　내가 나날이 허둥거리며

허투루 밟고 지나온 그 길임을

　땅거미가 내릴 때서야 조금은 알 것 같다

　그나마 완전히 어두워지기 전에

　홍종빈 시인의 「꿈의 비단길」은 아름다운 삶이 아름다운 죽음으로 이어지는 마침표의 시간이며, 그 황홀한 행복이 서산의 붉디 붉은 노을로 피어오르는 시간이다. 우리는 자기 자신의 예술품이 되지 않으면 안 되고, 그 모든 오욕과 불명예와, 또는 그 어떠한 비극적인 사건으로 얼룩진 삶일지라도 역사의 갈볕같은 '명상의 시간'을 통해서 아름다운 삶과 아름다운 죽음으로 승화시켜나가지 않으면 안 된다. 우리는 모두가 다같이 꿈의 비단길을 걸으며, 한 줌의 먼지나 한 줌의 티끌로 되돌아갈 준비를 하지 않으면 안 된다.

　반성과 성찰은 명상의 두 축이며, 이 명상의 시간만이 우리 인간들을 「꿈의 비단길」로 걸어가게 해주고 있는 것이다.

　「꿈의 비단길」은 물소를 타고 홀연히 떠나간 어진 현자의 길이며, 우리 후손들이 손에 손을 맞잡고 따라가야만 하는 순례의 길이기도 한 것이다.

김지요

비행非行, 혹은 비행飛行

담 위에 선 닭을 보면 담 너머가 궁금하다

언제부터 날기 시작했을까
담장을 딛고 날아올라 곧 들키고야 말
비행의 흥분을 궁구했을 터

굼뜬 내 걸음걸이 어디에도 비행의 흔적은 없다
스스로를 사육하게 된 이후 날개를 잊었다
非行을 즐길 때 飛行은 가능한 것일까
학교를 무단결석, 회사를 무단결근할 때
내겐 숨겨진 날개가 있었다

저항은 바람을 뚫는 부력을 갖게 한다
공중 아니면 바다
외줄 위의 어름산이처럼 부채를 흔들던

아니 날개를 퍼덕이던 사람들
명화, 기숙이 그리고 아버지
그들이 '날았다'고 믿는다
넘어야 할 담이 있는 자에게는 비행이 필요하다
있는 힘을 다해 '너머'를 읽으려는 결의
순간적 황홀에만 몰입했다간
벼랑 끝에 위태롭게 매달려 살아야 한다

마루에 앉아 웃자라는 발톱을 깎던 오후
담장 아래 날리는 갈기털을 보던 나는
겨드랑이가 근질거리기 시작했다
새가 아니란 걸 모르고 날아다니는 수탉 한 마리
부르르 날개를 떨 때
불현듯 내 안의 퇴화된 날개가 홰를 친다
날자 날자 날아보자꾸나 새처럼

붉은 울음이 낭자하다

— 김지요 시집, 『붉은 꽈리의 방』에서

담은 영역표시이며, 외부의 침입자를 막아주는 수단이다. 담을 쌓은 자는 그의 권력과 지배영역을 바라보면서 무한한 기쁨을 느끼고 콧노래를 부를 수도 있었을 것이다. 담은 권력과 재산과 명예와 평화의 표시이며, 그 어느 누구도 이 담을 침입하려면 수많은 도덕적 비난과 죽음을 각오하지 않으면 안 된다. 담은 신이 허용한 자연권이며, 자본주의 사회에서 이 자연권(사유재산)보다 더 중요한 것은 없다.

하지만, 그러나 지옥으로 가는 길은 선의로 포장되어 있다는 말이 있다. 담이 그 안의 구성원들에게 결코 그 담을 넘어가서는 안 된다는 금기로 작용하는 순간, 그 담은 감옥의 그것이 될 수밖에 없다. 권력은 억압이 되고, 재산은 착취의 산물이 된다. 명예는 불명예가 되고 평화는 재앙이 된다. 담은 고정불변의 담이 아니며, 그 담을 바라보는 자의 입장-신분-위치-시간-나이에 따라서 그

의미가 전혀 다르게 부각된다.

꿈을 이룬 자는 담을 쌓은 자이고, 꿈을 꾸는 자는 그 담을 뛰어넘으려고 하는 자이다. 김지요 시인의 「비행非行, 혹은 비행飛行」은 이러한 담의 이중적인 의미를 깨닫고 자기 자신의 마비된 의식을 일깨우며, 그 이성의 힘으로 일상성의 덫인 담장을 뛰어넘으려는 시라고 할 수가 있다. 닭은 날개가 퇴화된 가축이지만, 닭이 담 위에 선 것을 보고 그 닭과 자기 자신을 동일시하게 된다. "굼뜬 내 걸음걸이 어디에도 비행의 흔적은" 없고, "스스로를 사육하게 된 이후 날개를 잊었다." 사육된 닭, 날개를 잊은 닭이라는 자괴감은 씻을 수 없는 치욕이 되고, "非行을 즐길 때 飛行은 가능한 것일까"라고 자문自問을 하게 된다. 그러나 이 자문은 자문이 아닌 자기 확신의 말이 되고, 따라서 그는 "학교를 무단결석, 회사를 무단결근할 때/ 내겐 숨겨진 날개가 있었다"라고 깨닫게 된다. 날개는 날기 위해서 있는 것이지, 가축으로 퇴화되기 위해서 있는 것이 아니다. 비행非行은 도덕과 법과 질서를 유린하는 것이 되고, 비행飛行은 그 죄악의 힘으로 자기 자신만의 세계로 날아가는 것을 말한다. 비행非行은 "바람을 뚫는 부력"을 갖게 되고, 그 비행非行의 주인공들은 "외줄 위의 어름산이", 즉, 줄타기 광대와도 같았던 "명화, 기숙이 그리고 아버지"라고 할 수가 있다. 새들은 알을 깨고 나오지 않으면 안 되고, 제우스는 아버지를 목졸라 죽이지 않으면 안 된다. 담은 가축을 요구하면서도 그 가축들로 하여금 새가 되게 한다. 아버지와 스승은 충복을 요구하면서도 그 충복들로 하여금 아버지와 스승을 살해하도록 인도하게 한다. 전자는 의도한 것이 되고, 후자는 의도하지 않은 것이 된다. 이 의도하지 않은 것, 이 무의도적인 사건은 새로운 진리가 되고, 최고급의 역사적 사건이 된다. "넘어야 할 담이 있는 자에게는 비행이 필요"하고, 비행飛行은 비행非行의 힘으로 그 날개를 얻게 된다.

비행非行은 나쁜 짓—패륜적인 짓이다. 비행非行은 아버지가 되려는 힘이고, 새가 되려는 힘이다. 아버지가 되고 새가 되려는 자는 천국을 보는 지혜를 터득해야 하고, 이 천국을 보는 지혜를 터득한 자는 끊임없이 자기 스스로 "벼랑 끝에 위태롭게 매달려 살아야 한다." 비행非行은 선악을 넘어서 있고, 모든 고귀하고 위대한 행동은 선악을 떠나 있다. 나폴레옹이 나폴레옹이 되기 위해서는 수천만 명을 두 눈 하나 깜빡하지 않고 죽일 수 있어야 하고, 알렉산더가 알렉산더가 되기 위해서는 수천만 명을 두 눈 하나 껌뻑하지 않고 죽일 수 있어야 한다.

　"날자 날자 날아보자꾸나 새처럼."

　꿈을 꾸는 자는 날개가 있어야 하고, 그는 그 날개의 힘으로 비행非行을 저지르고, 이 비행非行의 힘으로 아름답고 멋진 최고급의 비행飛行을 이룩하게 된다.

　김지요 시인의 「비행非行, 혹은 비행飛行」은 담장 안과 담장 바깥, 즉, 담의 이중적인 의미와 비행非行과 비행飛行의 이중적인 의미, 그리고 마지막으로 닭(가축)과 새의 대립을 통하여 가장 아름답고 멋진 시를 탄생시킨 것이다. 지혜로운 자는 용기가 있어야 하고, 용기가 있는 자는 성실해야 한다. 죄(비행)를 짓고 죄악을 정당화하지 않으면 시인의 삶이 없게 된다. 모든 시인은 신성모독자(혁명가)이며, 이 신성모독자들만이 지혜, 용기, 성실이라는 삼박자를 다 갖춘 문화적 영웅이 될 수가 있는 것이다.

　날아라, 날아라!

　높이, 높이, 더 높이!

　당신이 인류의 어머니가 되고, 영원불멸의 삶을 살 수 있는 그날까지!

죽비

아인시타인과 황우석이 싸우면 황우석이 이기고, 괴테와 신경숙이 싸우면 신경숙이 이긴다. 만델라와 박정희가 싸우면 박정희가 이기고, 나폴레옹과 박근혜가 싸우면 박근혜가 이긴다. 무식한 자가 세계적인 사상가들을 다 때려눕힌다.

뇌물이 국가성장의 원동력이 되고, 표절이 출세의 보증수표가 된다. 조선의 멸망은 인류의 건강과 행복을 위해 축하해야 할 일!

경축! 조선멸망! 예수부활!

문태준
지금 이곳에 있지 않았다면

만일에 내가 지금 이곳에 있지 않았다면
창백한 서류와 무뚝뚝한 물품이 빼곡한 도시의 캐비
닛 속에 있지 않았다면
맑은 날의 가지에서 초록잎처럼 빛날텐데
집 밖을 나서 논두렁길을 따라 이리로 저리로 갈텐데
흙을 부드럽게 일궈 모종을 할텐데
천지에 작은 구멍을 얻어 한 철을 살도록 내 목숨도
옮겨 심을텐데
민들레가 되었다가 박새가 되었다가 구름이 되었다가
비바람이 되었다가
나는 흙내처럼 평범할텐데
— 『황해문화』, 2016년 여름호에서

우리들의 고향에는 신이 살고 있고, 이 신의 말씀에 따라서 모든 만물이 자라나고 꽃 피어난다. 사람과 사람 사이에는 시냇물이 흐르듯이 도道가 있고, 이 도의 이치에 따라서 그 어떠한 비방이나 다툼도 일어나지 않는다. 내가 나를 사랑하는 것이 타인을 사랑하는 것이 되고, 내가 타인을 사랑하는 것이 내가 나를 사랑하는 것이 된다. 나와 너는 둘이 아닌 하나이며, 네가 아프면 나도 아프게 된다. 나의 죄는 우리 모두의 죄가 되고, 나의 영광은 우리 모두의 영광이 된다. 만인평등은 불변의 법칙이 되고, 개인의 자유는 신이 부여한 생득권이 된다. 도덕도 없고, 법도 없다. 가난한 사람도 없고, 병든 사람도 없다. 모든 것이 다 갖추어져 있고, 어느 것 하나 부족한 것이 없는 우리들의 고향은 영원한 이상낙원이라고 할 수가 있다.

　　우리들의 고향은 이상낙원이기는 하지만, 그러나 이상낙원은 시나 신화의 세계에서나 가능한 세계이다. 고

향은 존재하면서도 존재하지 않는다. 신도, 도道도 존재
하면서도 존재하지 않는다. 신이 존재할 때는 그 모든 것
이 자유를 잃고 신의 질서에 편입하게 된다. 신이 존재하
지 않을 때는 그 모든 것이 자유를 얻고 자기 자신의 삶
을 살아가게 된다. 도가 존재할 때는 그 모든 것이 자유
를 잃고 도의 질서에 편입되게 된다. 도가 존재하지 않
을 때는 그 모든 것이 자유를 얻고 자기 자신을 삶을 살
아가게 된다. 고향은 존재하면서도 존재하지 않는 곳이
며, 이 존재론적인 모순이 우리들의 삶의 원동력이 되고
있는 것인지도 모른다.

고향은 떠나온 자는 고향을 찾아가겠다는 일념 하나
로 살고, 자기 자신의 고향에서 살고 있는 사람은 더 넓
은 세상으로 떠나가겠다는 일념 하나로 산다. 문태준 시
인의 「지금 이곳에 있지 않았다면」은 고향을 떠나온 자
로서, 그 돌아갈 수 없는 실향민의 회한이 하나의 환영
처럼 펼쳐진 시라고 하지 않을 수가 없다. 루카치의 말대
로, '범죄와 광기는 선험적 고향상실의 객관화'이며, 우
리는 이 타락한 시대에, 그 타락에 대응하는 타락한 방법
으로 그 고향을 찾아가지 않을 수가 없는 것이다. 우리는
모두가 다같이 사이렌의 피리소리에 발광하는 오딧세우

스이며, 영원히 살기 위하여 에트나 화산에 몸을 던지는 엠페도클레스가 되어가고 있는 것인지도 모른다. "만일에 내가 지금 이곳에 있지 않았다면/ 창백한 서류와 무뚝뚝한 물품이 빼곡한 도시의 캐비닛 속에 있지 않았다면/ 맑은 날의 가지에서 초록잎처럼 빛날텐데/ 집 밖을 나서 논두렁길을 따라 이리로 저리로 갈텐데/ 흙을 부드럽게 일궈 모종을 할텐데/ 천지에 작은 구멍을 얻어 한철을 살도록 내 목숨도 옮겨 심을텐데/ 민들레가 되었다가 박새가 되었다가 구름이 되었다가 비바람이 되었다가/ 나는 흙내처럼 평범할텐데"라는 문태준 시인의 시구가 바로 그것을 말해준다. 이때에, "창백한 서류와 무뚝뚝한 물품이 빼곡한 도시의 캐비닛"은 무시무시한 범죄와 싸늘한 민심民心과 '군중 속의 고립'을 겪어야만 하는 천형의 삶을 말해주고 있는 것인지도 모른다. 신이 있어도 신이 없고, 도가 있어도 도가 없다. 만인평등이 있어도 만인평등이 없고, 자유가 있어도 자유가 없다. 가족에 구속된 죄인, 직장에 구속된 죄인, 자본에 구속된 죄인, 교회에 구속된 죄인, 정당에 구속된 죄인, 법률에 구속된 죄인, 친구에게 구속된 죄인, 이웃에게 구속된 죄인—. 우리는 모두가 다같이 죄인이며 영원히 그 감옥의 탈출을 꿈꾸는 장발장인지도 모른다.

도시를 떠나면, 그 감옥을 탈출하면 "맑은 날의 가지에서 초록잎처럼 빛날" 것이다. 도시를 떠나면, 그 감옥을 탈출하면, "집 밖을 나서 논두렁길을 따라 이리로 저리로" 갈 수도 있을 것이다. "흙을 부드럽게 일궈 모종을 할" 수도 있을 것이고, "천지에 작은 구멍을 얻어 한 철을 살도록 내 목숨도 옮겨 심을" 수가 있을 것이다. 언제, 어느 때나 자비롭고 친절한 신의 손짓—고향 혹은 이상 낙원의 손짓—에 따라, "민들레가 되었다가 박새가 되었다가 구름이 되었다가 비바람이 되었다", 요컨대, 그때 그때마다 매우 자유롭게 변신하는 천의 얼굴을 지닌 인간이 될 수도 있을 것이다.

인간은 인간의 형상대로 신을 창조해냈고, 그 신에게 '인간의 아버지'라는 가짜 권능을 부여해 왔다. 인간은 그 신에게 예배를 하면서도 그들이 하고 싶은 것, 그들이 얻고 싶은 것, 그들이 물리치거나 퇴치하고 싶은 것을 그 신의 권능에 따라 처리해줄 것을 강요해왔던 것이다. 신은 전지전능한 구원자이자 영원한 어릿광대에 지나지 않았던 것이다. 이것이 모든 신화와 종교의 기원이기도 한 것이다. 신은 인간이 되었고, 인간은 신이 되었다. 신은 존재하면서도 존재하지 않는다. 진리, 정의, 자유, 사랑, 평화는 신하고는 아무런 상관도 없으며, 더군다나 영원한 이상낙원(고향) 따위는 존재하지도 않는다. 요컨대 문태준 시인의 '지금 이곳'이 아닌 다른 곳은 이상낙원이며, 그가 실제로 도시생활을 청산하고 그곳을 찾아간다면 그 이상낙원은 또다른 지옥에 지나지 않게 될 것이다. "흙내처럼 평범"함도 쉽지 않으며, 그 평범함은 비상함 속의 평범함일 뿐인 것이다.

문태준 시인의 '만일'의 가정어법은 신이 될 수 없는 자의 탄식이기는 하지만, 이 '만일'의 상상력에 의하여 모든 신화와 종교가 탄생하게 되었던 것이다.

나는 너희에게 말한다. '고향으로 돌아가라!'

나는 너희에게 말한다. '자연으로 돌아가라!'

천형의 삶을 살고 있는 떠돌이—나그네에게는 이 말들처럼 더없이 아름답고 달콤한 말도 없을 것이다.

김대식

꽃편지

섬진강변
매화마을에
매화꽃 하얗게 피었다고
꽃편지를 씁니다

지리산
아랫마을에
노랗게 산수유가 피었다고
꽃 편지를 씁니다

보고싶다고
꽃이 피었다고
꽃편지를 씁니다

— 김대식 시집, 『뭐해요 가을인데』에서

인간의 일차 존재방식은 먹이활동(경제활동)을 통한 생존이고, 인간의 이차 존재방식은 삶의 향유이며, 인간의 삼차 존재방식은 사랑에 의한 종족보존이다. 먹이활동은 동체성을 보존하기 위한 영역활동이며, 이 영역활동은 자기 자신의 존재의 근거를 마련하기 위한 주체성의 확립, 즉, 홀로서기라고 하지 않을 수가 없다. 이 주체성의 확립, 즉, 홀로서기를 이룩한 인간은 타인들과의 만남을 통해서 삶을 향유하게 된다. 학문연구, 문예운동, 정당이나 단체의 가입, 불우이웃돕기와 자선단체의 활동, 산악회원으로서의 활동과 그밖의 다양한 활동들은 삶의 향유가 되며, 이 삶의 향유는 그의 인생을 꽃 피우는 행위가 된다. 연애도, 결혼도 삶의 향유이며, 이 삶의 향유가 있기 때문에, 아이를 낳고 아이를 기르는 종족보존본능이 그 결실을 맺게 된다.

　　삶의 향유는 즐거움이며, 즐거움은 삶의 궁극적인 목

표가 된다. 꽃이 핀다는 것은 내가 나의 존재의 문을 활짝 열고 당신을 부른다는 것이 되고, 내가 나의 존재의 문을 활짝 열고 당신을 부른다는 것은 둘이 하나가 되는 기적을 통하여 이 세상을 나와 당신의 후손으로 가득 채우겠다는 것이 된다. 꽃은 삶의 절정이며, 그 향기는 이성을 부르는 소리가 된다. "섬진강변/ 매화마을에/ 매화꽃 하얗게 피었다고/ 꽃편지를 씁니다"라는 시구나 "지리산/ 아랫마을에/ 노랗게 산수유가 피었다고/ 꽃 편지를 씁니다// 보고싶다고/ 꽃이 피었다고/ 꽃편지를 씁니다"라는 시구가 그것을 말해준다.

봄은 꽃의 계절이며, 모든 꽃들은 꽃편지(이성을 부르는 소리)가 된다. 바슐라르의 말대로 '세계의 열림'이며, '세계로의 초대'이고, 모든 고통들이 다 사라진 극락의 세계가 펼쳐지게 된다. 나도 없어지고 너도 없어지는 꽃편지, 자아를 망각한 황홀함 속에서 우리로서 하나가 되는 꽃편지, 이 삶의 향유를 위해서는 출산의 고통과 양육의 고통마저도 다 받아들이겠다는 꽃편지—. 이 꽃편지 속에서, 우리는 우리로서 하나가 되며, 인간이라는 종의 미래가 탄생하게 되는 것이다.

인간은 더없이 젊어지고, 모든 나무들도 더욱더 푸르

고 젊어진다.

　꽃은 이성을 부르는 소리이며, 모든 꽃은 낙천주의의
꽃인 것이다.

김인갑 김은정
박동덕 안명옥
남길순 조　원
김명이 황영숙
유혜영

김인갑
바다로 가는 기사騎士들*

한 번도 정착해보지 못한 바람이 부도난 건설현장 천막을 흔들고 있다 어쩌다 이곳에 닻을 내리게 되었을까 도심 한가운데 정박 중인 배 한 척, 암초에 둘러싸여 아무데도 가지 못하고 있다 일년전, 출항을 앞두고 선장은 사라졌다 바다로 달아난 게 분명했지만 수배자 명단 속, 선장은 부표사이에 숨어 아무 말도 하지 않았다

며칠 간 배 근처에 보이지 않던 선원들이 모습을 드러냈다 뱃머리 담당 사내는 타수가 없는 틈에 키를 잡고 돛 담당인 사내도 바람이 불지 않자 낮잠에 빠졌다 각자 자리가 있는 사내들도 노를 점검하거나 조타실에서 화투로 하루를 보내곤 했다 언제까지 선장을 기다릴 수만은 없다고 자리에서 일어나는 사내도 있었지만 아무도 선장이 되려고 하지 않았다

조타실의 사내들도 키를 잡던 사내도 모두 집으로 돌아간 밤, 뒤늦게 잠깬 돛 담당 사내의 겉옷이 밤바람에 펄석펄석 거린다 아무래도, 내일부턴 배 근처에 선원들이 오지 않을 것 같다 노을이 돛대를 잡고 힘겹게 수면 위로 떠오른다 결국 사내는 덜컹거리던 희망과 함께 오르내리던 곤돌라에서 투신을 시도 한다 선장 없는 항해를 꿈꾸고 있을 사내,

　　깊어 가는 줄도 모르게 깊어가는 밤**,

　　저 배를 침몰시킬 것 같다

　　―『애지』, 2016년 가을호에서

　　*존 밀링턴 씽의 단막극 제목.
　　**유창성 시인의 신생의 바다에서 인용.

이 세상에서 가장 중요한 것은 직업이며, 이 직업에 의해서 그 모든 것이 결정된다. 농부는 농업의 신과 국가를 만들고, 상인은 상업의 신과 국가를 만든다. 유목민은 유목민의 신과 국가를 만들고, 어부는 어부의 신과 국가를 만든다. 모든 종교와 국가와 역사의 기원은 직업이며, 직업이란 그가 먹고 살아가야 할 밥그릇을 확보하는 수단을 말한다. 직업에 따라서 계급과 신분의 서열이 결정되고, 직업의 수준에 따라서 국민의 소득과 문화선진국이냐, 아니냐의 국가의 서열이 결정되게 된다. 직업은 밥그릇 싸움의 궁극적인 원인이며, 이 밥그릇 싸움은 어느 한쪽이 완전히 초토화되거나 몰락할 때까지 그 싸움을 멈출 수가 없게 된다. 밥그릇 싸움이 이 세상에서 가장 잔인하고 끔찍한 싸움이며, 모든 교육은 이 밥그릇 싸움에서 이기기 위한 '고통의 지옥훈련과정'에 지나지 않는다. 적을 알고 나를 알면 백전백승이라는 말이 있듯이, 적을 알고 적을 함정에 빠뜨리기 위한 전략과 전술은 최고급의 고등사기술에 지나지 않는다. 이 고등사기술은 지혜로 포장되고 이 지혜를 얻기 위한 교육과정은 제일의 천성을 제이의 천성으로 바꾸어야 할만큼 수많은 시간과 돈을 투자하지 않으면 안 된다. 직업은 존재의 정당성을 확보하는 보증수표이며, 천하를 다스릴 수 있는 황제의 왕관과도 같다.

김인갑의 「바다로 가는 기사騎士들」은 제목 자체가 형용모순인데, 왜냐하면 말을 탄 기사들이란 지상전의 승리를 위해서 육성된 병사들이기 때문이다. 따라서 '바다로 가는 기사騎士들'이란 이미 밥그릇 싸움에서 패배가 예정되어 있는 병사들이며, 그 존재의 정당성을 상실한 인간들에 지나지 않는다. 항해할 수 없는 배는 이미 부도가 난 건설회사 현장의 천막이 되고, 건설회사의 소장은 "얼마전 출항을 앞두고" 사라진 선장이 된다. 건설회사의 사장이나 경영진들은 "수배자 명단 속의 인물"이 되고, 임금을 받지 못한 노동자들은 추풍의 낙엽과도 같은 신세를 면하지 못한다. 뱃머리 담당의 사내가 타수가 없는 틈에 키를 잡고, 돛 담당의 사내는 바람이 불지 않자 낮잠에 빠진다. 그밖의 사내들은 노를 점검하거나 조타실에서 화투를 치며 하루를 보내지만, 아무도 선장이 되려고 하지를 않는다. 결국, 「바다로 가는 기사騎士들」의 주인공인 사내는 "덜컹거리던 희망과 함께 오르내리던 곤돌라에서 투신을 시도한다." 참담하다. 암울하다. 왜냐하면 이 세상과의 싸움에서 그 싸움이 시작되기도 전에, 이미 이 세상을 떠나가야 하기 때문이다. 이 지상에서의 기사란 최고의 영광이며, 만인들의 존경의 대상이 되지만, '바다로 가는 기사들'이란 동키호테와도 같은 어릿광대이며, 만인들의 조롱거리에 지나지 않는다. 인간의 영광은 직업의 문제이며, 직업의 문제는 출신성분의 문제이다.

사회적 공간은 폭력적인 서열구조로 구축된 공간이며, 이 폭력적인 서열구조는 생존경쟁에 의해서 결정되게 된다. 직업은 자리잡기 싸움이며, 자리잡기 싸움은 일도필살一刀必殺의 검객의 싸움과도 같다. 부자는 경제자본이 많은 자를 말하고, 지식인은 문화자본이 많은 자를 말한다. 경제자본이든, 문화자본이든, 언제, 어느 때나 자본이 많은 자들이 좋은 자리를 차지하고, 그들의 직업—이를테면 회장, 사장, 판사, 검사, 변호사, 국회의원, 대학교수 등—을 최고의 영광의 직업으로 포장하게 된다. 영광은 오점 없는 영광이고, 치욕을 모르는 영광이다. 이 자리잡기 싸움, 이 생존경쟁에서 밀려난 자들은 더없이 어렵고 힘든 육체노동을 하면서도 하루 밥 한 끼가 최고의 목표가 되는 최하 천민의 삶을 살아가게 된다. 부의 공정한 분배가 이루어진 사회도 없고, 계급차별이 없는 사회도 없다. 김인갑의 「바다로 가는 기사騎士들」은 천하무적의 용사가 아니라, 이미 싸움도 하기 전에 패배를 하게 된 사회적 천민이자 어릿광대들에 지나지 않게 된다.

사회적 천민의 역사는 패배의 역사이자 몰락의 역사이다. 희망도 사치이고, 돈과 명예와 권력도 사치이다. 김인갑 시인은 「바다로 가는 기사騎士들」, 즉, 건설현장의 노동자들과 자기 자신을 일치시키고, 그들의 패배와 몰락의 역사를 기록함으로서, 너무나도 인간적이고 너무나도 인간다운 삶을 역설하고 있는 것인지도 모른다.

김은정
짐바브웨 코끼리의 아빠 찾기

아빠를 찾아 야생의 잠베지 강으로 왔는데 여전히 아빠는 없었어요

없어서 난 평원에서 느릿느릿 흙먼지를 일으키며 물웅덩이에서 물을 마시고 진흙 위에서 뒹굴고 악어를 쫓으며 난 아빠한테로 가는 길 잃었는데

그렇지만 내 길은 언제나 물가로, 아빠한테로 이어진다는 빅토리아 폭포 소리를 들었어요

그 재주로 난 또 붉은 아까시나무 꼬투리 열매를 따 먹고 수천 년을 걸었나요?

신출내기 치타와 하이에나, 고슴도치가 불쑥불쑥 튀어나와 춤추는 그 길에서 코끼리의 뼈 무더기 앞에서 울기도 했나요?

사자의 포효에 두려워 떨기도 했나요?

협곡의 물안개 사이로 아빠의 증거 같은 무지개가 피어올라요 무지개 끝에 피어난 흰꽃을 쫓아 난 또 룬데 강으로 걸어요

걷고 또 걷지만 저 강 끝에 아빠가 없다는 것도, 아빠의 자궁 같은 이 땅을 둥둥 떠다니고 있다는 것도 난 알아요

아빠의 딸로 태어나 아빠의 품에 안길 때까지 이 여정이 끝나지 않는다는 것도 난 알아요
　　― 『애지』, 2016년 가을호에서

* 짐바브웨의 내용은 『론니 플랫』 2016년 5월호 잠베지 강을 따라서 기사를 참고, 인용했습니다.

스피노자의 말에 따르면, 어떤 사건에서 그 원인을 더듬어 올라가고, 그 원인에서 '원인의 원인'을 더듬어 올라가면 최초의 원인이 나오게 된다. 이 최초의 원인이 만물의 창조자이고, 이 만물의 창조자가 아버지(신)가 되고 있는 것이다. 모든 종교는 이 아버지를 숭배하는 종교이며, 이 아버지의 은총에 따라서 우리 인간들의 행복한 삶이 가능해지고 있는 것이다. 아버지는 전지전능한 영생불사의 존재이고, 우리 인간들은 불완전하고 유한한 존재이다. 존재의 불완전성과 유한성은 인간 존재의 치명적인 약점이 되고, 바로 이 지점에서 우리 인간들은 아버지에게 노예적인 복종 태도를 지니게 된다.

하지만, 그러나 아버지는 이 땅으로 내려오신 적도 없고, 그 말씀, 그 진리를 진짜 살아 있는 육성으로 들려준 적도 없다. '아버지는 존재한다, 그러나 어느 누구도 그 모습을 본 적은 없다.' '아버지는 존재하지 않는다, 그러나 아버지가 존재하지 않으면 우리들은 그 어렵고 힘든 삶을 헤쳐나갈 수가 없다.' '아니다. 최초의 아버지는 존재한 적도 없고, 그 아버지는 영원히 존재하지 않는다.' 첫 번째는 아버지의 모습을 본 적은 없지만, 언젠가, 어느 때는 그 모습을 드러낼 것이라는 광신도들의 신앙의 근거가 되어주고, 두 번째는 아버지는 부재하지만, 단지 상상의 존재로서 우리 인간들의 나약함을 극복할 수 있도록 도와준다는 평범한 인간들의 신앙의 근거가 되어주고, 마지막으로 세 번째는 찰스 다윈의 '진화론'이나 오늘날의 '빅뱅 이론'에 근거를 둔 무신론의 정당성을 말해준다.

나는 아버지는 존재하지 않는다고 믿고 있는 무신론자이며, 이런 점에 있어서 찰스 다윈의 '진화론'과 르메트르의 '빅뱅 이론'을 믿어 의심하지 않는 신봉자라고 할 수가 있다. 최초의 우주는 약 6천년 전에 아버지가 창조한 것이 아니라, 약 137억년 전, 먼지와 가스덩어리의 입자들이 고밀도로 압축된 결과, 대폭발이 일어나게 되었던 것이다. 빅뱅 이후, 우주의 크기는 1초 동안 20억 곱하기 10억km로 팽창했고, 지금 이 순간에도 팽창을 하고 있다고 한다. 이러한 대폭발 이후, 수많은 동식물들이 자연의 상태에서 탄생을 했고, 우리 인간들은 진화에 진화를 거듭한 끝에, 원숭이로부터 만물의 영장인 인간이 되었던 것이다.

하지만, 그러나 인간이 만물의 영장이라고 해서 신이 된 것은 아니었고, 그 불완전성과 유한성을 극복하기 위하여 전지전능한 신을 상정하고, 그 신 앞에서 예배를 드리는 신도가 되어갔던 것이다. 하나의 가상으로서의 신마저도 없다면 우리 인간들은 인간이라는 한계를 극복할 수도 없고, 그리고 그 불안감과 그 공포감을 다스릴 수 있는 방법도 없다. 나는 지금까지 유신론에서 무신론까지 살펴본 것이지만, 그러나 어쨌든 우리 인간들은 아버지가 없으면 단 하루도 살아갈 수가 없는 나약한 동물에 지나지 않는다. 아버지는 존재의 근원이며, 나의 존재를 가능케 한 천지창조주라고 할 수가 있다.

천지를 창조하신 아버지, 자연의 텃밭에다가 씨앗을 뿌리고 만물이 자라나도록 그 뜨거운 사랑으로 아침해를 떠오르게 하신 아버지, 차가운 공기와 더운 공기를 충돌시켜 비를 내려주시고, 밤이면 밤마다 달빛과 별빛으로 옛사랑의 이야기를 들려주신 아버지, 국가와 단체와 일터를 만들어 언제, 어느 때나 서로서로 협력하며 일을 할 수 있게 해주신 아버지, 도덕과 법과 질서를 만들어 상호간의 분쟁과 싸움이 일어나지 않도록 해주신 아버지, 그토록 어렵고 힘든 가시밭길과 모든 장애물들을 다 극복할 수 있도록 최고급의 지혜를 가르쳐주신 아버지―. 이 세상은 아버지의 전능으로 열렸고, 이 세상의 삶은 아버지의 은총으로 가능해졌다. 모든 종교는 아버지를 찬양하는 종교이며, 아버지를 찬양한다는 것은 이 세상의 삶을 찬양하고 옹호하는 것이라고 할 수가 있다.

  김은정 시인의 시적 화자가 "아빠를 찾아 야생의 잠베지 강으로 왔는데"도 "아빠는 없고", 그는 "평원에서 느릿느릿 흙먼지를 일으키며 물웅덩이에서 물을 마시고 진흙 위에서 뒹굴고 악어를 쫓으며" "아빠한테로 가는 길"을 잃었다. 하지만, 그러나 바로, 그때, "내 길은 언제나 물가로, 아빠한테로 이어진다는 빅토리아 폭포 소리를" 들었고, "그 재주로" "붉은 아까시나무 꼬투리 열매를 따 먹고 수천 년을" 걷게 된다. 이때에 그 재주는 타고난 소질이나 재능 이외에도 아빠 찾기의 집념을 드러내는 것이고, "붉은 아까시나무 꼬투리 열매를 따 먹고 수천 년을" 걸었다는 것은 '아빠 찾기의 역사'가 그처럼 오래되었다는 것을 말해준다. "신출내기 치타와 하이에나,

고슴도치가 불쑥불쑥 튀어나와 춤추는 그 길에서 코끼리의 뼈 무더기 앞에서 울기도 했나요?"라는 시구는 수없이 울었다는 것을 뜻하고, "사자의 포효에 두려워 떨기도 했나요?"라는 시구는 또한, 수없이 그 두려움과 공포에 떨었다는 것을 뜻한다. 아빠 찾기는 우리 인간들의 궁극적인 목표이기는 하지만, 그러나 그 아빠 찾기의 여정은 자기 자신의 목숨을 건 실존적 투기가 되지 않으면 안 된다. 시련과 극복은 시적 화자의 목숨을 위태롭게 하고, 그 아빠 찾기의 목표는 그의 목숨을 요구한다. 아버지는 무지개이고, 환영이다. 아버지는 무지개처럼 아름답지만, 이 세상 그 어디에도 존재하지 않는다. "협곡의 물안개 사이로 아빠의 증거 같은 무지개가 피어올라요"라는 시구가 그것을 말해주고, "무지개 끝에 피어난 흰 꽃을 쫓아 난 또 룬데 강으로 걸어요"라는 시구가 그것을 말해준다. "걷고 또 걷지만 저 강 끝에 아빠가 없다는 것도" 알고 있고, 자기 자신이 또한 "아빠의 자궁 같은 이 땅을 둥둥 떠다니고 있다는 것도" 알고 있다. 요컨대 "아빠의 딸로 태어나 아빠의 품에 안길 때까지 이 여정이 끝나지 않는다는 것도" 너무나도 잘 알고 있는 것이다.

아버지는 무지개이며 환영이다. 아버지는 무지개로

존재하고, 아버지는 또한, 환영으로 존재한다. 아버지는
존재하지만 부재하는 채로 존재한다. 자유와 평등과 사
랑이 존재하는 곳, 언제, 어느 때나 사시사철 벌과 나비
가 날아다니고 젖과 꿀이 넘쳐 흐르는 이상낙원은 그 어
디에도 존재하지 않는다. 김은정 시인의 「짐바브웨 코끼
리의 아빠 찾기」는 '아빠 찾기의 걸작품'인데, 왜냐하면
아빠 찾기의 진정성이 칠색 영롱한 무지개로 피어올랐기
때문이다. 김은정 시인의 「짐바브웨 코끼리의 아빠 찾기」
는 영원히 성공할 수 없는데, 왜냐하면 그 아빠는 이 세
상 그 어디에도 존재하지 않기 때문이다.

　　빨주노초파남보―. 아빠 찾기의 시적 주제도 무지개
로 피어오르고, 잠베지 강과 룬데 강의 강물도 무지개로
피어오른다. 치타, 하이에나, 고슴도치, 코끼리, 사자 등
이 의미하는 시련과 고통도 무지개로 피어오르고, 그 끝
없는 아빠 찾기의 여정도 무지개로 피어오른다. 김은정
시인의 가장 부드러우면서도 온화한 문체도 무지개로
피어오르고, '인간 존재의 역사'인 '아빠 찾기'에 대한 역
사 철학적인 지식도 무지개로 피어오른다.

　　빨주노초파남보―. 「짐바브웨 코끼리의 아빠 찾기」는
총천연색의 드라마이며, 가장 아름답고 탁월한 시적 화

자의 '모노 드라마'가 오늘도, 지금 이 순간에도 빅토리아 폭포의 무지개처럼 펼쳐진다.

와아, 절경이다!

말문이 닫힐 것 같고, 심장이 멈출 것만 같은—.

박동덕
겨울 우포늪을 읽다

어둠이 내리는 창 밖에 늪이 쪽문을 열고 있다 기러기 떼 지어 내려앉는다 수런거리는 갈대숲이 보이는 이곳에 온지 여러 해 나의 내력을 알고 싶어 하는 당신이 내 안부가 궁금한 당신이 찾아온다면 억만년 전 내 어머니와 백년 후의 나를 만나볼 수 있을 것이다

울퉁불퉁 자갈길 지나 마른 풀숲이 등을 내주는 오솔길에 들어서면 미루나무 꼭대기 까치집 망루가 늪으로 안내한다 누군가를 그리워하던 화석이라도 박혀있을 것 같은 암벽속의 책장을 넘기면 그곳이 늪의 안방이다

꽁꽁 얼어붙은 통 유리창을 함부로 두드려서는 안 된다 억만년 전 태양을 그리워하다 굳어버린 어머니 맑은 눈이다 그렇다고 얼어붙어서는 안 된다 애증의 눈빛으로 찬찬히 들여다보면 백년 후의 허물 벗은 내 알몸이 보

일 것이고 좀 더 깊이 꿰뚫어보면 억만년 전 산통을 참아
내는 끙끙 앓는 소리가 들릴 것이다 슬픈 표정 지을지 모
르지만 전생을 돌아볼 필요는 없다

밤새 들이닥친 흙탕물에 집을 잃은 개미가족과 지붕
을 뒤흔드는 바람에 뿌리째 뽑힌 풀 죽은 나무들, 덫에
걸려 절뚝거리는 새끼 고라니의 삶을 들여다보고 하루
도 바람 잘날 없는 대숲을 스쳐가는 폭우와 태풍 모른 체
뒷짐 지고 헛기침하는 꼿꼿한 소나무까지

비 그치고 잠깐 하늘로 걸쳐지는 무지개 사다리에 걸
린 희망과 젖을 쭉쭉 빨아대던 수초들의 걸신들린 식욕
과 대를 이어오는 격렬한 생애들

한 대─ft의 장렬한 주검을 거두어들여 잠재울 때

대처에서 돌아오는 기러기 가족 마른 풀 더미에 둘러
앉아 수런수런 축문을 읽는다

— 박동덕 시집, 『나의 솟대에게』에서

인간은 어디에다가 자기 자신의 존재의 집을 세워야 하는가? 그것은 두말할 것도 없이 자기가 가장 좋아하는 일을 하고 자기가 자기 자신의 행복을 연주할 수 있는 그런 곳이 가장 좋을 것이다. 산수가 아름답고, 사계절의 변화가 뚜렷하며, 오곡백과의 결실이 풍요로운 곳이 우리 인간들이 살아가기에 가장 좋을 것이다. 집을 지을 때 그 사람의 운수와 함께 풍수지리를 살피고, 햇볕이 가장 잘 드는 남향에다가 집을 짓고 있는 까닭이 바로 여기에 있는 것이다. 고향이란 아버지와 어머니의 존재의 집이면서도 그 아버지와 어머니의 사랑에 의하여 내가 태어나서 자라난 곳을 말한다. 따라서 인간은 고향의 산수를 몸에 두르고 고향의 특산물을 먹으며 성장을 하게 되고, 어느덧 나이가 들면, 아버지와 어머니가 그러했듯이, 새로운 삶의 터전을 찾아 그 고향을 떠나가게 된다. 의복으로 치면 고향은 몸에 맞는 옷이 되고, 타향은 몸에 맞지 않는 옷이 된다.

 마음을 주고 정을 붙이고 살면 그곳이 고향이라는 말도 있지만, 그러나 대부분의 사람들은 그 타향살이에 만족을 하지 못하고, 그가 떠나온 고향으로 되돌아가는 것이 그의 꿈이 되고 만다. "누굴 따라/ 거기까지 올랐는지 모르지만/ 아무리 퍼덕거려봐야/ 결코 날 수 없어/ 별을 따다 가슴에 달아봐야/ 바람이 조금만 흔들어도/ 이내 흐려져 추락하고 말지"(「나의 솟대에게」)라는 시구에서처럼, 그 모든 것이 도로아미타불이 되고 만다.

  시골에 살고 싶다던 말이 씨가 되어 고향까지 따라온 저
  책상 서랍은 씨앗을 쓸어 담으며 꽃 피우고 싶다 말하고 입
  을 꾹 다문다 처마 밑에서 웅성거리던 겨울바람 슬그머니
  달아나고 있다
  ─「꽃씨를 품은 서랍」부분

 박동덕 시인은 쓰디쓴 아픔과 그 회한을 되씹으며, 드디어, 마침내, "시골에 살고 싶다는 말이 씨가 되어" 그의 고향인 우포늪으로 돌아왔다. "하늘에 잠언같은 활자들이 총총이"(「나는 사유한다, 그리고 선언한다」) 박

히듯이, 그의 사유는 깊어지고, 이 사유의 깊이는 수많은 갈대들, 가시연꽃, 창포, 마름, 논병아리, 백로, 왜가리, 고니, 기러기, 개미, 고라니, 소나무, 버드나무 등의 동식물들로 자라난다. 늪은 그의 안방이 되고, 통유리집은 그의 어머니의 "맑은 눈"이 된다. 우포늪과 하나가 된 인간, 아니 우포늪으로 돌아와 우포늪의 풍경 자체가 된 인간—. 그렇다. "비 그치고 잠깐 하늘로 걸쳐지는 무지개"처럼, 박동덕이라는 시인의 생애가 우포늪을 더욱더 아름답고 환하게 물들여 나가게 될 것이다.

고향은 영원한 이상향이고, 모든 서정시는 고향에 대한 노래에 지나지 않는다. 내 몸에 꼭 맞는 옷이 있고, 내 입에 꼭 맞는 음식이 있다. 내 솜씨에 꼭 맞는 일터가 있고, 내 취미에 꼭 맞는 놀이터가 있다. 가장 좋은 잠자리가 있고, 가장 좋아하는 사람들이 살고 있다. 내가 태어나고, 내가 죽어도, 그 내가 영원히 살고 있는 곳이 우리들의 영원한 우포늪(고향)이기도 한 것이다.

"한 대—代의 장렬한 주검을 거두어들여 잠재울 때// 대처에서 돌아오는 기러기 가족 마른 풀더미에 둘러앉아 수런수런 축문을 읽는다"(「겨울 우포늪을 읽다」)라는 시구에서처럼.

박동덕 시인의 「겨울 우포늪을 읽다」는 대단히 아름답고 뛰어난 시이며, 그는 영원한 '우포늪의 시인'이라고 할 수가 있다.

안명옥
기대다

한때는 바람에 기대어 살며 흔들리던
우리 집 베란다 화초가
오래 버려둔 시간
망각에 기대어 살며시 꽃을 피운다

나는 어렸을 때 서해에 기대어 살고
열아홉에 독립했을 때는 나이에 기대어 살았다
봄담에 기대어 살며 노란 꽃을 피우던 개나리처럼
스물넷에 준비 안 된 결혼을 했다

더 이상 기댈 곳이 없는 사람들은
신발을 따라 교회에 가거나
절에 간다 옛사랑은 입산을 하고

술에 기대어 살던 선배가 하는 말,

아내는 흰머리 나면 검은머리 뽑아주고
애인은 흰머리 나면 얼른 흰머리 뽑아준다는데

나는 사람에게 기대지 않으면서
평화가 오고
평화는 차츰 불편에 기대어 사는 법을 터득한다
불편은 생각에 제 몸을 기댄다

핸드폰은 늘 무음을 좋아하여 약속을 만들지 않고
소리는 변두리에 사는 동안
자연 속에서 비로소 자유에 몸을 기댄다

귀뚜라미가 달에 기대어 밤을 견딜 때
취업 안 된 제자, 악기에 기대어 산다는 안부가 온다

— 『열린시학』, 2016년 여름호에서

나는 나로서 살기 위하여 부모형제를 떠나왔고, 나는 나로서 살기 위하여 그 어떤 불의와 비겁함과도 타협을 하지 않았다. 앎은 나에게 너무나도 분명한 목표를 제시해줬고, 그 목표를 추구할 수 있는 백절불굴의 용기와 그 어떠한 반대파들마저도 경의를 표할 수밖에 없는 성실함을 가르쳐줬다.

나는 나를 높이 높이 끌어올리고, 나는 언제, 어느 때나 자유로운 비행을 즐긴다. 나는 주권국가이고 거대한 제국이며, 또한 나는 자유로운 개인이고 언제, 어느 때나 행복한 인간이다. 나는 목표가 없는 인간, 용기가 없는 인간, 성실하지 않은 인간, 비굴한 굴종을 일 삼는 나약한 인간, 한움큼의 자유보다는 배 부른 노예의 삶을 선택하는 인간을 제일 싫어한다. 나는 거대한 앎의 제국의 주인이며, 자유롭고 행복한 개인이라고 할 수가 있다.

이 세상의 존재의 양상은 세 가지의 동사로 설명할 수

가 있다. '서다', '기대다,' '쓰러지다'가 바로 그것이다. '서다'는 자유이고 독야청청하고, '기대다'는 부자유이고 의지함이며, '쓰러지다'는 무너짐이고 소멸함이다. 태어 난다는 것은 서다와 쓰러지다의 중간단계, 즉, '기대다' 의 단계이며, 이 '기댐'을 통해서 두 발에 힘을 기르고 곧 바로 홀로 설 수 있는 준비를 하지 않으면 안 된다. 어린 아이는 나약하기 때문에 누군가의 도움이 필요하고, 어 른은 너무나도 강하기 때문에 타인들을 도와주지 않으 면 안 된다. '기댐'은 어린 아이의 단계이며, 그의 비명 횡사를 막아줄 지주목支柱木이 필요한 단계를 말한다. 이 지주목支柱木의 역할을 하는 존재는 국가, 사회, 단체, 학 교, 병원, 군대, 부모형제, 이웃사람, 스승, 의사, 판사, 검사, 군인, 대통령 등이라고 할 수가 있고, 따라서 우 리 인간들은 모두가 공동체 사회 속의 인간이라고 할 수 가 있다. 따지고 보면 자유인은 말뿐이고, 하나의 허상 이며, 상상에 불과하지만, 그러나 그 '부자유' 속에서 그 '부자유'를 참고 견디며 살아간다는 것은 노예의 그것에 지나지 않게 된다.

안명옥 시인의 「기대다」는 '기댐의 존재의 양상'과 그 역사 철학적인 성찰을 노래한 시라고 할 수가 있다. 바람에 기대어 살던 화초가 망각에 기대어 살며시 꽃을 피웠다는 것, 나는 어렸을 때 서해에 기대어 살고 열 아홉에 독립했을 때는 나이에 기대어 살았다는 것, "봄담에 기대어 살며 노란 꽃을 피우던 개나리처럼/ 스물넷에 준비 안 된 결혼을 했다"는 것, "더 이상 기댈 곳이 없는 사람들은/ 신발을 따라 교회에 가거나/ 절에" 가고 "옛사랑은 입산을" 했다는 것이 바로 그것이며, "아내는 흰머리 나면 검은머리 뽑아주고/ 애인은 흰머리 나면 얼른 흰머리 뽑아준다고" 말한 선배는 술에 기대어 산다는 것, 나는 사람에게 기대지 않으면서 평화가 왔지만, "차츰 불편에 기대어 사는 법을 터득"했다는 것, 불편은 불편한 생각에 제 몸을 기대고, 소리는 자연 속에서 비로소 자유에 몸을 기댄다는 것, "귀뚜라미가 달에 기대어 밤을 견딜 때/ 취업 안 된 제자, 악기에 기대어 산다는 안부가 온다"는 것이 바로 그것이다. 기댐은 존재의 조건이자 존재의 양상이라고 할 수가 있다. 우리는 '기대'는 존재이며, '기대지 않는다'는 것은 자기 자신의 존재를 상실하는 것과도 같다.

　나는 기댄다. 국가에 기대고, 사회에 기대고, 단체에 기대고, 학교에 기댄다.

나는 기댄다. 병원에 기대고, 군대에 기대고, 부모형제에게 기대고, 이웃사람에게 기댄다.

나는 기댄다. 스승에게 기대고, 의사에게 기대고, 국회의원에게 기대고, 대통령에게 기댄다.

나는 자유롭다고 말하면서도 자유에게 기대고, 나는 평화롭다고 말하면서도 평화에게 기댄다.

나는 불편하다고 말하면서도 불편에게 기대고, 나는 평화롭다고 말하면서도 전쟁영화에게 기댄다.

나는 취업이 안 된다고 말하면서도 음악에 기대고, 나는 준비 안 된 결혼을 했다고 말하면서도 그 남편에게 기댄다.

안명옥 시인의 「기대다」는 '기댐의 미학'의 극치이며, 그 기댐의 여러 양상들이 아주 아름답고 다양하게 꽃 피어난 시라고 할 수가 있다.

'나는 나의 사상에 기댄다, 고로 나는 자유롭다.'* 이것이 안명옥 시인의 「기대다」를 읽으면서 얻어낸 나의 세 번째 철학적 명제라고 할 수가 있다.

'학교란 공부하는 곳이 아니다'라고 『탈무드』의 랍비는 말하고 있다. 그렇다. 학교는 스승이라는 큰나무의 향기(사상)를 맛보는 곳이다. 그러나, 그러나, 우리 땅—우리 학교에는 예로부터 스승이란 큰나무가 살지 않았다. 이 반경환 이전에는—.

* 낙천주의자로서의 나의 세 명제는 이렇다.

  제일의 명제: 나는 신성모독을 범한다, 고로 존재한다.

  제이의 명제: 세계는 나의 범죄의 표상이다, 고로 행복하다.

  제삼의 명제: 나는 나의 사상에 기댄다, 고로 자유롭다.

남길순
백야

나와 같은 몸을 쓰는
또 다른 나와 마주칠 때가 있다

호텔에 누워 듣는 개 짖는 소리는
이미 사라지고 없는 소리를 듣는 것처럼

멀다

밤이 왔으나 죽지 못하는 태양

낮 동안
카프카의 무덤을 찾느라 묘지 몇 군데를 돌아다니며
수많은 카프카를 만났다
검은 묘비들이 살아 돌아오는 밤

클라이맥스로 짖어대다가 일순간
고요해지는 하늘을 본다

유대인 묘지 끄트머리쯤에
내가 찾는 카프카는 누워 있었다
그를 찾아야만 하는 간절한 이유라도 있는 듯
각혈하는 장미 한 송이 놓고
돌아설 때

한동안 잠잠하던 병이 도진다

이 불안의 시작이 어디인지
여름밤은 스핑크스처럼 창문 앞을 지키며
돌아가지 않는다

몸 밖으로 나오지 못하는 소리는
밤새 낑낑거리고
곁에 누워있던 누군가 황망히 떠나간 것처럼
몸을 웅크리며 너는
이불을 둘둘 말고 있다

지구의 한 귀퉁이

주소를 모르는 이곳에서

— 『현대시학』, 2016년 3월호에서

📖

　이 세상에는 백야白夜와 극야極夜라는 두 극지의 계절
현상이 있다. 백야란 밤이 되어도 해가 지지 않는 현상을
말하고, 극야란 한낮이 되어도 해가 떠오르지 않는 현상
을 말한다. 봄, 여름, 가을, 겨울의 사계절이 분명한 한국
에서 그 두 현상을 설명한다면, 한국이 여름일 때 북극에
서는 백야 현상이 나타나고, 남극에서는 극야 현상이 나
타난다. 이와 반대로 한국이 겨울일 때, 북극에서는 극
야 현상이 나타나고, 남극에서는 백야 현상이 나타난다.
힘든 노동 뒤에는 휴식이 필요하듯이, 낮에는 일을 하고
밤에는 잠을 자는 것이 우리 인간들의 자연의 리듬(생체
리듬)이지만, 그러나 극지에서의 인간의 삶은 그것이 어
렵게 되어 있는 것이다. 하루종일 해가 지지 않으면 조용
한 휴식과 잠을 자기가 힘 들어지고, 하루종일 해가 뜨지
않으면 힘찬 일터의 생활과 그 어떤 오락활동도 어렵게
되어 있다. 극지는 지구의 자전축이 기울어져 있고, 그

사나운 추위 때문에, 최악의 생존 조건을 가지고 있다고 하지 않을 수가 없다. 어떤 때는 하루종일 해가 지지 않고, 어떤 때는 하루종일 해가 뜨지 않는다. 일조량도 적고 여름은 짧고 겨울은 길다. 비옥한 대지와 다양한 농산물은 커녕, 대부분의 농작물들이 잘 자라지 못하고, 한번 눈이 내리면 몇 미터씩 쌓이고, 이웃 마을과 이웃 마을 사이의 통신도 끊어져 버린다. 가난과 빈곤, 추위와 불면증, 알콜중독과 우울증, 그리고 언제, 어느 때나 죽음의 공포와도 싸우지 않으면 안 된다. 극지는 불모지대이며 유형지이고, 이 세상의 삶에서 끊임없이 떠밀려난 자들이 살아가고 있는 곳에 지나지 않는다. 백야 현상과 극야 현상을 다같이 관찰할 수 있는 곳은 폴란드, 러시아, 덴마크, 스웨덴, 노르웨이, 핀란드, 아이슬란드, 영국, 아일랜드, 벨기에, 체코, 우크라이나, 독일, 카자흐스탄, 몽골, 캐나다, 알래스카, 그린란드, 칠레, 아르헨티나 등이지만, 그 기간은 수많은 편차가 있고, 어떤 나라에서는 6개월 동안이나 그 현상들이 나타난다고 한다.

프란츠 카프카는 1883년 체코의 프라하에서 유대계 독일인으로 태어났고, 프라하 대학에서 법학을 공부했다. 그는 프라하 대학을 졸업한 후 보험회사에 근무를 하면서 소설을 썼고, 1917년 폐결핵이 발병한 후 오랜 고생 끝에 1924년 4월 오스트리아 빈 교외의 킬링요양원에서 이 세상의 삶을 마감했다고 한다. 향년 41세로 그 비극적 인 생애를 마감한 것이지만, 그의 『변신』, 「유형지에서」, 『성』, 『심판』, 「굶는 광대」, 「시골의사」 등은 실존주의 문 학의 금자탑으로 장 폴 사르트르를 비롯한 수많은 지식 인들의 사상적(이론적) 전거가 되어주기도 했던 것이다. 프란츠 카프카는 유럽적 사건이 아니라 세계적인 사건 이었던 것이고, 그는 인간의 체험을 사생결단식으로 밀 고 나가, 궁극적으로는 영원불멸의 삶을 살게 되었던 것 이다. 어느 날 갑자기 한 마리의 애벌레가 될 수밖에 없 었던 그레고리 잠자는 가장의 임무를 띤 영업사원이었 고, 반인륜적인 사형장치가 폐기처분될까봐 전전긍긍하 던 「유형지에서」의 장교는 다만 한 사람의 직업군인이었 으며, 그들은 모두가 다같이 그들의 직업을 위해서는 언 제, 어느 때나 그 목숨을 걸 수밖에 없었던 '굶는 광대' 에 지나지 않았던 것이다. 직업은 생명이고, 밥이며, 운 동이다. 직업은 오락이고, 휴식이며, 평화이다. 직업은 돈이고, 명예이며, 권력이다. 영업사원을 한 마리의 애 벌레로 변신시킨 것도 직업이고, 인간을 미치광이 장교나 굶는 광대로 만든 것도 직업이다. 우리는 직업 때문에 살고, 우리는 직업 때문에 죽는다. 이 직업의 중요성을 사생결단식으로 밀고 나가, 인간 존재의 모순과 그 실존적 비극성을 너무나도 충격적이고 끔찍하게 보여준 것이 프란츠 카프카의 문학세계라고 하지 않을 수가 없다.

백야다. 백야는 전율과 공포와 그 끔찍한 살풍경들을 너무나도 자연스럽게 극사실적으로 펼쳐 보인다. 남길순 시인의 「백야」는 이중적인 의미를 띠고 있는데, 첫 번째는 자연적 의미로서의 그것이고, 두 번째는 실존적 의미로서의 그것이다. 자연적 의미로서의 '백야'의 무대는 체코의 프라하가 되고, 실존적 의미로서의 '백야'는 프란츠 카프카와 그 분신인 시적 화자가 된다. 밤이 왔지만 죽지 못하는 태양이 있고, 낮 동안 카프카의 무덤을 찾아 헤맸지만 수많은 카프카들만을 만났다. 호텔에 누워도 이방인을 쫓는 개 짖는 소리만 들리고, 유대인 묘지 끄트머리쯤에서 카프카의 무덤을 찾았지만, 그러나 장미꽃마저도 각혈을 하고 있었다. 유대인도 폐병쟁이고, 시적 화자도 폐병쟁이고, 이 폐병은 더욱더 악화되어 불안만을 가중시킨다. 불안은 요상한 괴물인 스핑크스가 되고, 프란츠 카프카와 시적 화자는 그 스핑크스의 먹잇감이 되고 만다. 불안을 떨쳐버릴려고 끙끙 앓아도 소용이 없고, 이불을 둘둘 말고 호텔방에 숨어봐도 소용이 없다.

　나는 누구인가? 나는 과연 이 불안을 극복하고 영원히 인간답게 살 수가 있는 것일까? "나와 같은 몸을 쓰는/ 또 다른 나와 마주칠 때가 있다"라는 시구에서처럼, 나는 이미, 내가 아니고, 나는 영원한 타자로서 존재한다. 그는 유대인이었지만 독일 국적의 소유자였고, 그는 독일어로 말하고 독일어로 글을 쓰는 독일인이었지만 체코에 사는 유대인이었다. 그는 체코에서 태어나 체코에서 밥을 먹고 살았지만, 끝끝내 오스트리아 빈의 교외에서 객사한 이방인이었다. 백야다. 백야는 불모지대이고 유형지이며, 최하천민인 영원한 이방인들만이 살고 있는 곳에 지나지 않는다. 프란츠 카프카도 없고, 남길순도 없다. 나도 없고, 너도 없고, 영원한 타자이자 이방인이라는 유령들만이 살고 있는 것이다.

　멀다, 낯설다. 멀다, 낯설다.

　장미가 붉디 붉은 피를 토하고, "한동안 잠잠하던 병이 도진다."

조원
비밀의 방

사각의 벽이 없다면 우리는
벌써 개가 되었을지도 모르지

원시의 동굴에서는 아버지와 딸,
누이와 동생
어머니와 삼촌이 알몸을 껴안고
개처럼 잠들었을지도 몰라

다행히 누군가 모서리를 세우고
벽지를 두르고 커튼을 쳐서
우리의 사생활은 보호받게 되었다

벽은 짐승과 인간을 구분 짓는 경계선
우리는 검은 털옷을 벗고
사각지대를 달려가는 종족

야성의 시간을 포효하며
개가 되지 않고 개처럼 뒹굴 수 있는 자유를 누렸다

이곳은 외부인이 없으므로
서로가 절실한 내부인

황홀경에 빠진 별 하나 만나기 위해
핥고, 할퀴고, 물어뜯고, 비비며
고독한 음부를 헤엄쳐 간다.

절벽 끝에 서서 털을 말리는 늑대여
탄성만 지르던 모음의 귀두여
아무 일 없다는 듯 우리는
곧 자음을 엮어 명확하게 발음할 것이다
빌딩 안으로 걸어 들어가 회의록을 작성하고
내일의 물량을 점검할 것이다

벽 안에서 벌인 모든 접촉은
야성의 사랑이 나누었던 내밀한 각도

이것이 개와 개인의 차이

— 『시와 사상』, 2016년 여름호에서

조원 시인의 「비밀의 방」의 사각은 네 개의 각이라는 사각四角과 인간의 관심이나 시인의 영향이 미치지 않는 사각死角이라는 뜻을 지닌다. 대부분의 벽은 네 개의 사각으로 구성되어 있고, 그 벽은 외부의 세계를 가려주는 역할을 담당한다. 외부의 시선과 외부의 바람을 차단시켜주는 벽은 「비밀의 방」이 되고, 이 '비밀의 방'이 있기 때문에, 우리 인간들의 '사생활'이 보호를 받게 되었던 것이다. 「비밀의 방」의 최종심급은 사생활 보호이며, 이 사생활의 보호가 있기 때문에 인간과 개의 차이가 난다.

　　개는 무리를 짓는 동물이며, 사생활이 없다. 개는 사생활이 없기 때문에 성 윤리가 없고, 성 윤리가 없기 때문에, "아버지와 딸/ 누이와 동생/ 어머니와 삼촌이 알몸을 껴안고" 날이면 날마다 교성을 지르며 혼음과 난교를 해댄다. 하지만, 그러나 인간은 너무나도 다행스럽게, "누군가 모서리를 세우고/ 벽지를 두르고 커튼을 쳐서/ 우리의 사생활은 보호받게 되었다." 그렇다. "벽은 짐승과 인간을 구분짓는 경계선"이고, 우리는 그 사생활 보호, 즉, 그 행복추구권을 향유하며, 그 "사각지대를 달려가는 종족"이 되었다. 사각지대는 은밀한 사생활의 영역이며, 현대사회의 최종심급이 된다. 첫째도 사생활 보호이고, 둘째도 사생활 보호이다. 사생활 보호는 만고불변의 진리가 되고, 그 모든 기적이 가능해진다. 그 사각지대, 그 비밀의 방에서는 야성의 시간이 포효를 하고, 남녀가 서로를 "핥고, 할퀴고, 물어뜯고, 비비며/ 고독한 음부를 헤엄쳐 간다." 사각지대에서는 외부인이 없으므로 서로가 절실한 내부인이 되고, 사각지대에서는 야만인이 없으므로 서로가 서로를 핥고 빨아주는 문화인이 된다. 개는 야만의 동물이 되고, 인간은 문화의 동물이 된다. 개의 성교는 난교와 야합이 되고, 인간의 성교는 다양한 체위와 그 기법을 구사하는 사랑이 된다.

조원 시인의 「비밀의 방」은 인간의 성 윤리와 그 허위의식을 폭로하는 시이며, 그 기법은 풍자와 야유라고 할수가 있다. 개의 성교는 자연의 성교가 되고, 인간의 성교는 문화의 성교가 된다. "절벽 끝에 서서 털을 말리는 늑대여/ 탄성만 지르던 모음의 귀두여"라는 시구는 그 사각지대, 즉, 그「비밀의 방」에 숨어서 서로가 서로를 "핥고, 할퀴고, 물어뜯고, 비비며/ 고독한 음부를 헤엄" 치던 인간이 오히려, 거꾸로 늑대에 지나지 않는다는 것을 뜻하고, "아무 일 없다는 듯 우리는/ 곧 자음을 엮어 명확하게 발음할 것이다/ 빌딩 안으로 걸어 들어가 회의록을 작성하고/ 내일의 물량을 점검할 것이다"라는 시구는 그 밝은 대낮에 불륜의 정사를 벌이고도 사무실에 들어가 업무를 보는 현대인들의 타락한 '성 풍속도'를 지시한다. 아파트도 비밀의 방이 되고, 단독주택도 비밀의 방이 된다. 오피스텔도 비밀의 방이 되고, 모텔도 비밀의 방이 된다. 빌라도 비밀의 방이 되고, 호텔도 비밀의 방이 된다. 이 세상에서 비밀의 방이 아닌 곳은 단 한 군데도 없으며, 우리는 모두 이 비빌의 방이 있기 때문에, 너무나도 자유롭고 행복한 것이다.

하지만, 그러나 그 '비빌의 방'의 사건을 그처럼 적나라하게 폭로하고 있는 것은 시적 화자도 그 더럽고 추한 불륜 사건의 가담자가 되었다는 것을 뜻하며, 따라서, 시적 화자는 자기 자신과 그 모든 인간들이 인간의 탈을 쓴 늑대라는 것을 폭로하고 있는 것인지도 모른다. 폭로는 풍자가 되고, 풍자는 야유가 된다. "벽 안에서 벌인 모든 접촉은/ 야성의 사랑이 나누었던 내밀한 각도/ 이것이 개와 개인의 차이"라는 시구는 너무나도 싸늘하고 냉소적인 말이 되고 있는 데, 왜냐하면 인간과 개의 차이는 애초부터 존재하지 않고 있기 때문이다. 성적 욕망은 자연스러운 욕망이고, 이 성적 욕망 앞에서는 그 어떠한 차이도 없다. 순수한 사랑도 없고, 더러운 사랑도 없다. 성적 욕망 앞에서는 만인이 평등하고, 그 어떠한 금기도 가능하지가 않다. 이처럼 자연스러운 성적 욕망을 전면적으로 통제하고 관리하며, 그 규제 속의 제한된 공간, 즉, '비밀의 방'을 만들어 놓은 것이 더욱더 더럽고 추한 짓이라는 것을 조원 시인은 폭로하고 있는 것이다. 문화인의 성교는 변태이며, 변태는 성의 타락을 의미한다.

인간은 사회적 동물이며, 사생활 보호는 반사회적인 패륜에 지나지 않는다. 사회적 동물은 사적인 '비밀의 방'이 있어서는 안 되며, 그 모든 것이 맑고 투명하게 열려 있지 않으면 안 된다. 자본주의 사회는 사적인 이기주의를 앞세워 전통사회를 해체하고, 그 모든 것을 '내것'과 '네것'으로 분할하여 빈부격차를 극대화시켜 놓았다. 사생활 보호는 진리가 되고, 그 이기주의가 극단화될 때 인간의 성 윤리는 너무나도 늑대적인 반문화가 된다. 그 옛날의 자연의 성교는 생산성과 분가분의 관계가 있었지만, 오늘날의 문화의 성교는 온갖 타락과 퇴폐와 그 불모성과의 관계가 있다. 오늘날의 성교는 흥분제와 강장제와 수많은 비아그라들을 양산해내고, 오늘날의 성교는 온갖 피임기구와 자위기구와 낙태기구와 그리고 수많은 이혼소송사건들을 양산해낸다.

인간은 무리를 짓는 동물이지, 단독자로서 살 수 있는 동물이 아니다. 인간은 만인평등과 부의 공정한 분배를 약속한 사회적 동물이지, 극단적인 이기심을 앞세운 사회적 동물이 아니다. 반사회적인 이기심 때문에 사생활이 중요해졌고, 사생활이 중요해졌기 때문에 「비밀의 방」이 필요하게 되었다. 너와 나, 이웃과 이웃, 인간과 단체, 인간과 국가를 가로막고 분리시킨 「비밀의 방」은 만악의 진원지, 즉, 너무나도 부패하고 타락한 자본주의 사회의 암적인 종양에 지나지 않는다.

온갖 이종교배와 잡종교배를 다 시키고, 생명공학을 통해 한없이 인간수명을 연장시킨 자본주의 사회여!

65세 이상의 산송장들이 정치, 경제, 문화의 그 모든 권력을 다 휘어잡고 그 「비밀의 방」에서 온갖 추잡한 혼음과 난교를 다 하고 있는 사회여!

자기 스스로 제 발로 걸을 수도 없고, 이미 산송장이 다 된 몸으로도 온갖 난교를 다 즐긴 삼성그룹의 이건희 회장이여!

조원 시인의 「비밀의 방」은 사생활 보호의 안과 밖을 다 같이 파헤친 수작이며, 인간이 반인간적인 늑대에 지나지 않는다는 것을 폭로한 시라고 할 수가 있다. 이때의 늑대는 자연의 늑대가 아니라, 인간이 인간을 핥고, 할퀴고, 물어뜯는, 이 세상 그 어디에도 없는 괴물같은 늑대를 말한다.

오오, '비밀의 방'이여!

그 모든 짓을 다해도 되는 만악의 진원지여!

김명이
또 다른 三經

시경 서경 역경이 사내의 중한 독서라 하고
니체는 피로 쓴 문학이라 하였으니
초경 월경 폐경을 겪어낸 이가 있어
그녀는 달의 몸을 받아
음력을 짓고 건사하는 동안
마침내 섭렵하게 된 궁의 문리를 트니
여인이야말로 당대 최고의 지성인이리라

— 김명이 시집, 『모자의 그늘』에서

시경詩經이란 무엇인가? 시경이란 중국 최초의 시가집詩歌集이며, 최고의 문학적 표현의 진수를 말한다. 서경書經이란 무엇인가? 서경이란 글로 쓴 것 가운데 가장 순수하고 핵심적인 것들을 말한다. 역경易經이란 무엇인가? 역경이란 이 세계의 변화와 그 원리를 기술한 책을 말한다. 사서四書란 『논어』, 『맹자』, 『대학』, 『중용』을 말하고, 삼경이란 시경, 서경, 역경(주역)을 말한다. 사서삼경은 유교의 경전이며, 공자와 맹자와도 같은 전 인류의 스승들의 가르침을 말한다.

김명이 시인의 「또 다른 三經」은 그 발상이 대단히 참신하며, 남성중심주의의 '사서삼경'을 폄하하지 않으면서도 그 대척점에, 여성중심주의의 또다른 '사서삼경'을 역설하고 있다고 할 수가 있다. 한쪽에, 남성들의 '사서삼경'이 있으면, 다른 한쪽에는 여성들의 '사서삼경'이 있게 된다. 왜냐하면 음과 양, 남성과 여성의 균형이 무너지면 이 세상의 근본토대가 무너지기 때문이다. 음(-)과 양(+)은 대립을 이루면서도, 그 둘을 합하면 하나가 아닌 제로(0)가 된다는 현대물리학자들의 주장이 바로 그것을 말해준다. 제로는 아무 것도 아니면서도 음과 양, 또는 남성과 여성의 토대가 되고, 남성과 여성 중, 그 어느 한쪽이 소멸되면, 그 반대쪽인 남성도 소멸되게 되어 있는 것이다. 남성과 여성은 제로(0)에서 솟아나온 두 존재이며, 그 제로(0)로서 하나가 된 공동운명체인 것이다. 그 동안은 남성중심주의와 사서삼경만이 중요시 되고, 그 반대편의 여성중심주의와 사서삼경은 소외되고 배척되어 왔다는 것이 김명이 시인의 「또 다른 三經」의 가장 핵심적인 주장인 것이다.

시경, 서경, 역경은 남성들의 가장 중요한 독서가 되고, 현대비판철학의 선구자인 니체는 피로 쓴 문학을 강조한 바가 있었다. 피로 써라. 사상은 우리들의 생명이며, 피이다. 우리는 음식물을 먹고 동체성을 보존하지만, 그러나 다른 한편으로는 마음의 양식인 사상을 먹고 자란다. 사상은 돈이고, 명예이고, 권력이며, 그 모든 것이다. 우리는 사상 속에서 태어나 사상을 먹고 자라며, 그 사상의 씨앗을 뿌리면서 살아간다. 이에 반하여, 여성들의 가장 중요한 독서는 초경과 월경과 폐경이 될 수밖에 없는데, 왜냐하면 그 경전들은 달(음력)의 운행의 이치에 맞추어진 몸의 경전들이기 때문이다. 초경은 한 여인으로서의 임신이 가능하다는 것을 말하고, 월경은 그 임신의 기회가 무산되었다는 것을 뜻하고, 폐경은, 이제 한 여인으로서의 그 생산성을 잃게 되었다는 것을 뜻한다. 남성의 일생이 태양의 운행에 맞추어진 그것이라면, 여성의 일생은 달의 운행에 맞추어진 그것이라고 할 수가 있다. 여성의 일생은 달거리로 시작해서 달거리로 끝나지만, 그러나 그 기간 동안은 최고급의 생산성을 자랑하게 된다. 시경, 서경, 역경의 저자들, 또는 수많은 영웅호걸들과 초경, 월경, 폐경의 저자들, 또는 수많은 신사임당과 엘리자베드와 잔 다르크들을 양산해내고 있는 것이 바로 그것을 말해준다.

남성의 경전이 사상의 경전—시경, 서경, 역경—이라면, 여성의 경전은 몸의 경전—초경, 월경, 폐경—이라고 할 수가 있다. 남성은 씨를 뿌리고 또 뿌리는 존재이며, 여성은 낳고 또 낳는 존재이다. 남성과 여성은 둘이면서도 하나이고, 이 하나는 아무 것도 아닌 제로(0)로서의 하나이다. 이 제로, 이 무는 만물의 토대이며, 남녀가 둘이 아닌 하나라는 것을 말해준다. 오늘날의 남녀는 오해하고 있다. 그 둘은 무로서의 하나이며, 그 다음 생에서는 그 역할이 바뀔 수도 있다는 것을—.

김명이 시인의 「또 다른 三經」은 여성을 미화하고 성화시킨 최고의 경전이라고 할 수가 있다.

몸으로, 몸으로, 그 생애를 다해서 쓰는 몸의 경전—.

그렇다.

"여인이야말로 당대 최고의 지성인이리라."

어머니라고 해서 다 훌륭한 어머니가 아니고, 자궁이라고 해서 다 훌륭한 자궁이 아니다.

과연 당신은 당신 자신의 어머니가 되고, 전 인류의 어머니가 될 수 있는가?

과연 당신의 자궁은 최고급의 자궁이며, 언제, 어느 때나 성자의 씨앗을 생산해낼 수 있는가?

황영숙
따뜻해졌다

먼 길을 혼자 울면서 걸었다
캄캄한 산을 넘어오니
언제 왔는지 달이 와서
기다리고 있었다

울었구나
달이 내 눈물을 닦아 주었다

달을 따라 오던 별들이
싸늘한 내 손을 잡아 주었다

차가운 우주의 모든 손들이
따뜻해졌다

— 황영숙 시집, 『따뜻해졌다』에서

시인은 정직하지 않으면 진실을 얻을 수가 없고, 진실을 얻지 못하면 그 시인의 생명은 끝장이 나게 된다. "먼 길을 혼자 울면서 걸었다"는 것은 더 이상 속일 것도, 감출 것도 없이 자기 자신과 그 사건에 연루된 사람들을 생각하며 걸었다는 것이고, 따라서 그 문제의 난감함 때문에 몹시 괴로워했다는 것이 된다. 둘도 아니고, 셋도 아니고 혼자라는 것은 더없이 정직해졌다라는 것을 뜻하는데, 왜냐하면 자기가 자기 자신을 속일 사람은 없기 때문이다. 또한, 혼자서 "캄캄한 산을 넘어" 왔다는 것은 눈앞에 보이는 것이 없었다는 것이 되고 있는데, 왜냐하면 이때의 캄캄함은 무시무시함이 되고, 그 무시무시함 앞에서는 사생결단식의 용기가 필요했기 때문이다.

울음의 기원은 고통이고, 고통의 기원은 상처이다. 상처는 생살이 찢어졌을 때에도 생기고, 팔 다리가 부러졌을 때에도 생긴다. 상처는 사랑하는 사람과 헤어졌을 때에도 생기고, 사랑하는 조국이 멸망했을 때에도 생긴다. 만일, 그렇다면 황영숙 시인의 시적 화자의 상처는 어떠한 상처였던 것일까? 그 상처는 얼마나 큰 것이고, 그 상처의 아픔은 얼마나 큰 고통이었던 것일까? 가벼운 울음도 있고, 그렇게 무겁지 않은 울음도 있고, 진짜로 무거운 울음도 있다. 슬프지만 참을 만한 울음도 있고, 참을 수는 있지만 기분 나쁜 울음도 있고, 진짜로, 정말로 참기 어려운 울음도 있다.

황영숙 시인의 울음은 이별의 울음일 수도 있고, 어떤 일의 실패의 울음일 수도 있다. 모든 신화 속의 울음은 대부분이 이루어질 수 없는 사랑 때문에 비롯된 것이지만, 그러나 사랑의 순수함 때문에, 그 사후에, 더욱더 아름다운 사랑으로 승화되었다고 하지 않을 수가 없다. 이때의 순수함은 정직함이 되고, 이 정직함은 진실한 사랑의 보증수표가 된다. 원수집안의 선남선녀로서 피라무스를 따라 죽은 테스베가 그렇고, 시어머니인 비너스(아프르디테)의 질투 때문에 온갖 시련과 고통 끝에 큐피트(에로스)에 의하여 가까스로 구원받는 프시케가 그렇다. 에우리디케를 찾아 하데스는 물론, 트라케의 평원을 헤맸던 오르페우스가 그렇고, 자기 자신의 창작품인 갈라테아 때문에 신들의 질투를 받았던 피그말리온이 그렇다. 그들은 모두가 다같이 이승의 영역에서는 울음의 주인공이 될 수밖에 없었지만, 신들의 영역(저승)에서는 영원한 행복의 주인공이 될 수밖에 없었다. 울음은 웃음이 되고, 웃음은 울음이 된다. 불행은 행복이 되고, 행복은 불행이 된다. 비극은 희극이 되고, 희극은 비극이 된다. 스티븐 호킹이 '철학의 죽음'을 선언하고 '과학의 시대'를 외친 바가 있듯이, 이러한 이치는 자연의 이치와도 똑같다고 하지 않을 수가 없다. 차면 넘치고, 넘치면 빈다. 해가 뜨면 별이 지고, 별이 지면 해가 뜬다. 모든 사랑은, 모든 일은 그 쓰라린 시련과 고통을 극복해낼 때만이 그 꽃이 피게 되는 것이며, 따라서 그 아름답고 행복한 삶을 연주할 수가 있게 되는 것이다.

시는 고진감래苦盡甘來, 즉, 고통의 꽃이다. 그 무시무시함의 공포와 맞서서 임전무퇴의 전투를 벌였을 때, 드디어, 마침내, "언제 왔는지 달이 먼저 와서/ 기다리고 있었던" 것이다. "울었구나"라고 "달이 내 눈물을 닦아"주고, 그 "달을 따라 오던 별들이/ 싸늘한 내 손을 잡아 주었"던 것이다. 이승에서의 사랑은 죽음으로 끝장이 나지만, 저승에서의 사랑은 그 죽음마저도 꼬리를 감추게 된다. 오늘도, 지금 이 순간에도, 테스베와 프시케와 오르페우스와 피그말리온 앞에서는 죽음의 신도 그 꼬리를 감추고 있는 것이다.

달도 내편이 되어주고, 별도 내편이 되어 주는 사랑, 사랑하는 그대도 내편이 되어주고, 비너스도, 제우스도 내편이 되어주는 사랑—. 모든 사랑은 정직의 땀방울로 진실이라는 열매를 얻어내지 않으면 안 된다. 정직은 불의와 싸우다가 그 칼날을 맞고 쓰러지게 되는 것이지만, 그러나 불의를 보면 목에 칼이 들어와도 참지 않겠다는 용기, 길이 아니면 가지 않고, '오점없는 명예'를 위하여 순교하겠다는 용기가 없으면 사랑이라는 진실의 열매는 얻을 수가 없는 것이다.

이 세상의 모든 불의와 그 악마와의 싸움이 끝났을 때, 비로서 "차가운 우주의 모든 손들이/ 따뜻해졌다"라고 노래할 수가 있게 되는 것이다.

이 우주에서는 모든 것이 가능한 것이다.

오늘도 이 우주에서는 행복이 자라고, 행복이 꽃 피어나고, 행복이 그 열매를 맺는다.

유혜영
시한폭탄

'영원히 당신 손목을 놓지 않겠어.'

예물시계를 채워주며 남편이 약속했다. 그날, 그에게
완전히 돌아버린 나는 손목 시계를 머릿속에 차고 시계
바늘을 그에게 맞추었다.

'아는?'하면 뱅그르르 돌려 아를 낳았다

'밥 줘'하면 뱅그르르 돌려 밥상을 차렸다

'자자!'하면 뱅그르르 돌려 옷을 벗었다

행여 멋진 시계를 누가 탐낼까,

그가 약속을 못 지키는 것은 나의 책임이다.

'그것도 하나 딱딱 못 맞추나.'

그의 시계는 12진법이어서, 모든 지구인처럼 10진법
을 쓰는 나는 하루에 두 번 외계를 다녀와야 했다. 내가
지구를 잠깐씩 떠나있는 동안, 그가 무얼 하는지 미루어
짐작이 되지만, 그와 딱딱 맞추기 위해 나는 한쪽 눈을
질끈 감았다. 대기권을 통과할 때의 극심한 공포로 인해

나는 시계바늘을 더욱 단단히 잡았다.

　돌아돌아 시계바늘은 한시의 오차도 없이 5주년, 10주년, 25주년을 돌아 은혼식 날, 나는 그와 손을 잡고 감격스러운 기념사진을 박았다.

　결혼식사진 옆에 나란히 걸린 은혼식사진.

　'너 폭탄 맞았니?' 친구가 웃었다.

　사진 속, 시계는 멈추어있고, 나의 얼굴은 왕창 날아가 버렸다.

　그날 나는 두 번도 생각 안 하고 손목에서 시계를 풀었다.

　— 유혜영 시집 『치마, 비폭력을 꿈꾸다』에서

그 옛날부터 여자들의 육체와 영혼, 그리고 꿈과 야망에는 정치, 경제, 사회, 문화 등의 족쇄가 채워졌고, 여자들은 그 족쇄의 수렁에서 헤어나올 수가 없었다. 앎을 소유하고 앎을 획득하는 것도 남자의 권리였고, 전쟁을 하고 전리품을 챙기는 것도 남자의 권리였다. 아이를 낳고 아이를 교육시키는 것도 남자의 권리였고, 정치, 경제, 사회, 문화 등의 권리를 움켜쥐는 것도 남자의 권리였다. 남자는 전지전능한 신이 되었고, 여자는 그 무엇보다도 복종의 미덕을 숭배하는 충복이 되었다. 따라서 여자에게는 여자의 권리는 없고 의무만이 있었기 때문에, 만인평등이나 여성해방은 천지개벽보다도 더 어렵고 요원한 망상에 지나지 않았다.

그러나 이 망상, 이 천지개벽보다도 더 기적적인 일이 일어났는데, 왜냐하면 그것은 자본주의가 출현했기 때문이었다. 자본은 신이 되었고, 이 신은 자본의 법칙에 따라서 과학혁명과 산업혁명을 창출해내게 되었던 것이다. 과학혁명이나 산업혁명은 최고급의 지혜, 즉, 사상과 이론의 산물이며, 모든 사상과 이론은 돈 버는 기계를 창출해내는 지적 자산에 지나지 않았다. 돈 버는 기계를 다루려면 지식이 필요했고, 그 지식을 가르치려면 교육이라는 제도가 필요했다. 또한, 돈 버는 기계를 다루려면 노동력이 필요했고, 그 노동력을 충당하려면 단 한 사람의 유휴인력도 있어서는 안 되었다. 자본은 신이 되었고, 인간은 자본을 신봉하는 노예가 되었다. 돈 앞에서는 인간차별(여성차별)이 없게 되었고, 돈 앞에서는 만인이 평등하게 되었다.

자본의 법칙에 따라서 여성을 교육시키게 되었고, 이 교육의 효과에 의하여 여성은 여성을 인식하게 되었다. 여성을 교육시키고, 여성에게 참정권을 주게 된 것은 남성중심주의에 치명타가 되었고, 오늘날 '벌벌 기는 남자와 펄펄 나는 여자'라는 말에서처럼, 여성상위시대를 맞이하게 되었던 것이다. 여성을 교육시키고 여성에게 참정권을 준 것은 자본의 힘이지, 더없이 자비롭고 친절한 남자가 아니었던 것이다. 자본은 전지전능하고, 자본 앞에서는 만인이 평등하다.

유혜영 시인의 「시한폭탄」을 읽다가 보면, 참으로 현대사회는 인간의 죽음과 역사의 종말을 맞이하고 있다는 생각을 지울 수가 없게 된다. 나와 너의 관계도 시한폭탄이 되었고, 우리와 우리의 관계도 시한폭탄이 되었다. 남편과 아내의 관계도 시한폭탄이 되었고, 인간과 인간의 관계도 시한폭탄이 되었다. 인간과 인간의 관계가 폭발하면 숲과 새들의 관계도 폭발하고, 숲과 새들의 관계가 폭발하면 노루와 늑대의 관계도 폭발한다. 물과 불의 관계가 폭발하면 비둘기와 독수리의 관계도 폭발하고, 지진과 화산의 관계가 폭발하면 적과 동지의 관계도 폭발한다. 적과 동지의 관계가 폭발하면 의사와 환자의 관계도 폭발한다. 사랑과 불륜의 관계가 폭발하면 정상인과 미치광이의 관계도 폭발하고, 전쟁과 평화의 관계가 폭발하면 균형과 균형의 관계도 폭발한다. 돈이 시한폭탄이 되었고, 돈이 폭발한다. 돈의 위력은 그 어떠한 원자폭탄보다도 더 크고, 이 돈 앞에서는 모든 것이 다 죽게 되어 있다고 하지 않을 수가 없다.

　여성해방의 입장에서는 그 옛날의 결혼은 수갑을 차게 되는 것이 되고, 이 수갑은 일정 기간이 지나면 반드시 폭발하게 되어 있는 시한폭탄의 뇌관이 된다. 신랑도 시한폭탄이 되고, 아내도 시한폭탄이 된다. 결혼은 시한폭탄의 제조과정이며, 첫 번째는 '예물시계'를 수갑처럼 차게 되는 것이다. 남편은 수갑을 채워주는 자가 되고, 아내는 그 수갑을 차는 자가 된다. 남편과 아내는 주인과 노예로 불평등한 관계를 맺으며, 아내는 그 불평등한 관계에 종속되어서 그 모든 일정을 남편의 시계에 맞추지 않으면 안 된다. "'아는?'하면 뱅그르르 돌려 아를 낳았"고, "'밥 줘'하면 뱅그르르 돌려 밥상을 차렸다." "'자자!' 하면 뱅그르르 돌려 옷을 벗었"고, "그것도 하나 딱딱 못 맞추나"하면 "하루에 두 번씩이나 외계를 다녀와야만 했다." 왜냐하면 나와 모든 지구인은 10진법을 쓰지만, 나의 하나님(남편)은 12진법을 쓰기 때문이었다. 요컨대 나는 나의 남편과 결혼한 것이 아니라, 외계인이라는 시한폭탄과 결혼했던 것이고, 우리의 결혼생활은 단 "한시의 오차도" 없는 시한폭탄의 제조과정에 지나지 않았던 것이다. 사랑은 혐오가 되었고, 행복은 불행이 되었다. 감정은 대기권을 통과하는 공포가 되었고, 천리안은 "눈을 질끈 감는" 봉사가 되었다. "5주년, 10주년, 25주년," 드디어, 마침내 시한폭탄은 그 발화지점에 도달했고, 하늘의 은총이자 축복인 "은혼식날"은 그 시한폭탄을 터뜨림으로써 그 대미를 장식하게 되었다. 여성해방의 입장에서는 결혼은 미친 짓이고, 사기이며, 이혼의 전주곡에 지나지 않았던 것이다. 만인평등과 여성해방은 모든 질서의 붕괴이며, 모든 질서의 붕괴는 인간의 죽음과 역사의 종말로 그 대미를 장식하게 되었던 것이다.

자본은 남편(남자)을 무력하게 만들고, 자본은 아내(여자)를 무모하게 만든다. 이 남자의 무력함과 여자의 무모함이 결합하면 자본이라는 시한폭탄이 폭발을 하게 된다. 너도 폭발하고 나도 폭발하고, 그 모든 것이 다 폭발한다. 결혼식도 폭발하고, 은혼식도 폭발한다. 지구도 폭발하고, 우주도 폭발하고, 돈도 폭발한다.

남자는 외부의 적으로부터 자기 땅- 자기 영토를 지키며 그 구성원들을 보호하는 것이 주된 임무가 되고, 어렵고 힘든 노동을 하고 아이를 가르치는 것은 부수적인 임무가 된다. 이에 반하여, 여자는 남편의 말에 순종을 하며 남편을 돕는 것은 주된 임무가 되고, 아이를 낳고 집안살림을 하거나 들일을 하는 것은 부수적인 임무가 된다. 사회적 동물들은 근본적으로 서열제도 속에서 최상의 생존수단을 마련하게 되었던 것이고, 따라서 남자가 가장(리더)이 되고 그 사회를 이끌어가는 것은 너무나도 자연스러운 삶의 이치이기도 했던 것이다. 이 가부장적인 서열제도는 성차별이 아닌 능력의 차이에 따른 역할분담이었던 것이지만, 그러나 자본주의 사회는 이러한 서열제도마저도 근본적으로 해체해버리던 것이다. 남녀의 평등은 자연의 제도가 되고, 남녀의 성 차이―가부장적 제도―는 인위적인 제도가 된다. 가족의 해체는 자연의 제도가 되고, 결혼은 인위적인 제도가 된다. 요컨대 남녀의 평등이 무차별적인 문화적 무질서를 양산해냈고, 이 문화적 무질서에 편승한 여성해방론자들은 급기야는 여성에 의한 남성의 지배를 주창하게 되었던 것이다. 요컨대 여성의 해방이 남성의 권위와 그 존재의 근거를 박탈하고, 여성을 자본주의 사회의 지배계급으로 옹립하고 있는 것인지도 모른다. 핵무기로 인하여 그토록 끔찍하고 잔인한 전쟁이 억제되어 있다는 것, 과학혁명과 산업혁명에 의하여 여성들도 돈을 벌게 되었다는 것, 단산을 하거나 아이를 낳지 않아도 된다는 것, 성이 종족보존의 수단이 아니라 단순한 오락거리로 전락했다는 것 등은 여성상위시대의 가장 든든한 버팀목이 되었던 것이고, 이러한 여성상위시대의 도도한 흐름 앞에서, 모든 남자들은 고개 숙인 남자, 즉, '벌벌 기는 남자'가 될 수밖에 없었던 것이다.

하지만, 그러나 인간은 사회적 동물이며, 지식, 힘(권력), 돈(경제력), 전투(군사력) 등, 그 모든 분야에서 여성을 압도할 수 있는 남자들이 사라지지 않는 한, 여성상위시대는 하나의 뜬구름이며 신기루에 지나지 않는다. 모든 사회는 계급서열적이며, 이 서열제도는 조직과 이념 위에 있으며, 그 사회를 움직여가는 원동력이라고 해도 과언이 아니다. 남녀의 평등과 가족의 해체는 자연의 질서에 거역하는 만행이며, 진정으로 유혜영 시인의 시에서처럼 '은혼식날' 가족의 해체라는 시한폭탄이 터진다면, 그것은 진정으로 인간의 죽음과 역사의 종말로 이어지게 될 것이다.

따지고 보면 여성해방은 남근선망과 그 거세콤플렉스 때문에, 더욱더 과격하고 극단적인 여성들의 선전―선동의 이념이 되어가고 있는 것인지도 모른다. 여성해방은 배반당한 선망의 표현이며, 남자보다도 더 남자가 되고 싶은 '아마존 여전사들'의 게거품일는지도 모른다. 인간은 사회적 동물이고, 분업과 협업은 그 사회의 조직을 움직여 가는 두 기둥이라고 할 수가 있다. 남자의 역할이 있고, 여자의 역할이 있는 것이다. 보다 중요한 문제는 상호간의 성 차이와 그 능력의 차이를 인정하고 존중하는 것이며, 그 사회를 이끌어가고 있는 지도자로서의 남성들에 대한 경의를 표하는 일일 것이다.

나는 여성들에게 이렇게 묻고 싶다. 과연 여성들이 외부의 적을 맞이하여 자기 땅—자기 영토를 지키고, 남성보다도 더욱더 정교하고 세련된 사상과 이론을 창출해 낼 수가 있는가? 진정으로 여성들이 자기 자신과 그 가족의 안위보다는 그가 소속된 사회와 국가와 전인류를 위하여 자기 자신을 헌신할 수가 있는가? 대부분의 여성들은 모두가 다같이 사회나 국가나 세계보다는 자기 자신과 그 가족을 위한 이기심의 울타리를 벗어나지 못하고 있고, 그 어떠한 위험한 일들이나 살신성인의 희생정신 앞에서는 남자들의 등뒤로 숨게 되어있는 것이다. 이것은 여성들의 이기심과 비겁함과 신체적 허약함 때문만이 아니라, 여성이라는 자연의 생리학적 본능이기도 한 것이다.

여성들은 결코 남자보다 더욱더 어렵고 힘든 일을 할수가 없고, 여자들은 결코 남자들보다 그가 소속된 사회와 국가와 세계를 위하여 더욱더 고귀하고 위대한 일을 해낼 수가 없다.

자본주의 사회가 여성해방이나 여성상위시대라는 헛된 망상을 창출해내기는 했지만, 여성해방이나 여성상위시대라는 헛된 망상은 자연의 본능에 대한 도전이며, 전체 인류 사회를 파괴하는 만행에 지나지 않는다.

나는 지금, 이 순간, 여성해방이 더 이상 '남성혐오'와 '남성타도'라는 헛된 구호로 이어지지 않기를 바랄 뿐이다.

반경환

반경환은 1954년 충북 청주에서 태어났으며, 1988년 『한국문학』 신인상과 1989년 《중앙일보》 신춘문예로 등단했다. 반경환의 저서로는 『시와 시인』, 『행복의 깊이』 1, 2, 3, 4권, 『비판, 비판, 그리고 또 비판』 1, 2권, 『반경환 명시감상』 1, 2, 3, 4권, 『이 세상에서 가장 아름다운 명문장들』 1, 2권, 『반경환 명구산책』 1, 2, 3권 등이 있고, 『반경환 명언집』 1, 2권이 있다.

『사상의 꽃들』 1, 2권은 반경환 명시감상으로 기획된 것이지만, 보다 새롭고 좀 더 쉽게 수많은 독자들에게 다가가기 위한 포켓북이라고 할 수가 있다. 사상은 시의 씨앗이고, 시는 사상의 꽃이다. 어떤 시인은 살아 있어도 이미 죽은 것이지만, 어떤 시인은 이미 죽었어도 영원히 살아 있는 것이다.

이메일 : bankhw@hanmail.net

사상의 꽃들 2
반경환 명시감상 6

초　판 1쇄 발행 2017년 3월 15일
지은이 반경환
펴낸이 반송림
펴낸곳 도서출판 지혜
편집디자인 김지호
주　소 34624 대전광역시 동구 선화로 203-1. 2층 (삼성동)
전　화 042-625-1140
팩　스 042-627-1140
전자우편 ejisarang@hanmail.net
애지카페 cafe.daum.net/ejiliterature

ISBN : 979-11-5728-223-4 04810
ISBN : 979-11-5728-220-3 04810(세트)
값 10,000원

저자와의 협의에 의해 인지를 생력합니다.
이 책의 판권은 지은이와 도서출판 지혜에 있습니다.
양측의 서면 동의 없는 무단 전제 및 복제를 금합니다.